가업을 잇는
청년들

닮고 싶은 삶, 부모와 함께 걷기

가업을 잇는 청년들

글 백창화 장혜원 정은영

사진 이진하 정환정

남해의봄날

땀 흘려 일하는 부모의 뒷모습,
그 속에서 발견한 청년의 미래

지금도 자주 회자되는 어느 책 제목처럼 세계는 넓고 할 일은 많다. 그러나 유독 대한민국 청년들에게는 설득력 있게 들리지 않는 명제이기도 하다. 디지털 혁명으로 전 세계는 일일 생활권에 들어섰지만 성장의 속도는 가파르고, 과다 경쟁 체제는 청년실업이라는 사회의 큰 화두를 던져놓았다. 끝을 모르고 폭주하는 열차처럼, 대학을 졸업하고 사회에 쏟아지는 청춘들에게 이 사회, 이 나라는 아직까지 뾰족한 해답을 주지 않는다. 위로와 독설은 넘쳐나고 우물 안 개구리에서 벗어나 더 넓은 세상으로 나가라고 부추기는 이야기들만 넘쳐난다.

이런 시대를 살아가는 우리이기에 '가업'이란 구시대의 유물처럼 보일지도 모르겠다. 급속한 변화를 따라가기도 벅찬데, 더 넓은 세상에 나아가면 더 화려한 일이 얼마나 많은데 가업이라니. 결코 돌아보고 싶지 않은, 엮이고 싶지 않은 부모의 삶에 제 발로 걸어 들어갈 하등의 이유가 없어 보인다. 부모들 역시 이미 오래 전부터 당신의 자녀들에게 이야기해 오지 않았던가. '제발 나처럼 살지는 말아 달라'고 말이다. 그래서 〈가업을 잇는 청년들〉이라는 책을 기획하면서 우리는 내내 고개를 갸우뚱거려야 했다. 지금 이 시대에 이러한 주제에 반응할 독자들이 있을까? 이 책의 독자는 청년들인가, 아니면 그들의 부모들인가? 이 책이 과연 잘 팔릴까? 수많은 물음표가 꼬리에 꼬리를 물고 이어졌다.

그럼에도 불구하고 우리가 이 책을 포기하지 못했던 것은 서울에서 통영으로 내려와 그동안 알지 못했던 소중한 가치들에 하나둘 눈을 뜨면서 가장 처음 우리의 마음을 뒤흔들었던 '다른 삶'이었기 때문이다. 시작은 이러했다. 서울에서 함께 내려온 젊은 부부가 지역의 건강한 먹을거리를 찾다가 구례 지리산 농부 홍순영이 재배한 쌀을 찾아내고, 직접 산지로 찾아가 구입을 하면서 한 가족의 삶을 만났다. 갓 스물을 넘긴 꽃다운 나이의 아가씨가 땀을 뻘뻘 흘리며 아버지의 뒷모습을 좇아 땅을 가꾸고, 햇살과 바람에 가슴을 활짝 펴고, 환하게 웃음 짓는 모습을 보면서 우리는 어쩌면 이 친구처럼 작지만 빛나는 삶을 살아가는 친구들이 또 있을지도 모를 거란 생각을 했다. 그래서 의견을 모았다.

"가업을 잇는 전국의 청년들 이야기를 책으로 만들면 어떨까?"

당시 사장 포함 단 둘뿐이었던 남해의봄날 편집부는 만장일치로 이 아이디어를 채택, 우리의 첫 책으로 내자는 야심찬 각오까지 다졌다. 그때부터 우리는 언론과 인터넷을 뒤지면서 전국 팔도에서 가업을 잇는 청년들을 찾기 시작했고, 그렇게 조사와 취재를 반복하면서 두 번, 세 번 많게는 다섯 번까지 인터뷰를 하며 청년들의 삶에 다가서기 시작했다. 한두 번으로는 그들의 삶을 알 수 없었다. 사계절 속에 흘러가는 아버지와 아들, 어머니와 딸을 가까이 하면서 우리는 성실하고, 꾸준하게, 아주 조금씩 성장하고, 조금씩 더 빛나는 그들의 일상을 만날 수 있었다. 만남이 잦아질수록 이야기는 깊어졌고, 그들의 웃음은 잦아졌다. 그렇게 가슴 속 깊은 속살을 만났다. 그러다 보니 첫 책으로 내겠다는 야심찬 각오와는 달리 취재와 촬영만 2년을 넘기고 말았다.

오래 묵힐수록 장맛은 깊어지지만 너무 오랜 시간 많은 시간과 에너지, 그리고 자본을 투자해야 하는 책에 대해 슬쩍 부담감도 생기기 시작했다. 잘 만들고 싶은 열정, 그 초심은 여전히 유효했으나 회사가 바쁘게 돌아가자 우리에겐 그럴 여유도 사라져갔다. 그러던 중 우수출판기획안 공모전을 접했고, 마지막 동아줄이라도 붙드는 심정으로 기획안을 제출했다. 그리고 대상을 받았다. 우리가 아니라 가업을 잇는 청년들과 그 부모들에게 준 상이었다.

우리에게 깊은 감동을 주었던 이들의 삶이 세상 밖으로 전해진 순간, 그 울림은 빠르고 넓게 퍼져 나갔다. 덕분에 우리는 잃었던 초심을 되살려 오랫동안 출간을 기다리던 청년들과 부모들을 찾아가 다시 만났고, 글과 사진도 꼼꼼히 마무리 지었다. 그렇게 이 책은 2년 반 만에 세상과 만났다.

여전히 세상은 넓고 할 일은 많다. 그러나 그 세상이란 꼭 비행기 타고 멀리 날아가야 하는 바깥 세상만 의미하는 것은 아닐 게다. 더 넓은 세상을 보고, 경험하는 것은 분명 우리의 성장에 유익할 것이지만 어쩌면 그보다 평생 가까이에서 보아온 큰 스승, 가장 든든한 부모의 삶 안에서 만나고, 발견하게 될 꿈이 때론 더 크게 다가올지도 모른다. 적어도 우리가 만난 청년들은 그러했다. 그들에게 가업은 돈과 명예, 그리고 그들이 훗날 다른 삶을 살면 얻게 될 그 무엇과 바꾸어도 아쉽지 않을 빛나는 가치를 가진, 특별한 선택이었다. 비록 경제적으로 녹록하지 않고, 육체적으로 고된 일상이 함께하더라도 청년들의 눈에 비친 부모의 삶은 그들의 미래를 걸만큼 그렇게 단단했고, 함께하고 싶은 삶이었다. 그것이 더 넓은 세상이 아닌, 부모의 뒤를 따르게 한 이유였다.

어쩌면 이 책의 가장 큰 독자는 청년 실업의 시대를 살아가는 청춘들이 아니라 소통 부재의 시대를 살고 있는 아버지와 어머니, 즉 부모님들일지도 모른다. 한때 아빠가 가장 큰 영웅이었던 꼬마가 장성한 청년이 되어서도 가장 존경하고, 닮고 싶은 삶으로 아버지가 걸어온 길에 동행하겠다고 나선다면, 그보다 더 가슴 벅차고 기쁜 일이 어디 있겠는가. 그런 의미에서 자녀들에게 그러한 선택을 이끌어낸 부모들은 이 시대를 살아가는 진정한 위너, 승리자라고 감히 말하고 싶다.

일터에서 만나는 최고의 스승, 부모의 삶에서 발견한 소중한 꿈. 그리고 기꺼이 그들과 함께 땀 흘리는 삶. 지금부터 펼쳐지는 일곱 가족들의 삶을 통해 우리가 꿈꾸어온 인생의 진정한 성공이란 무엇인지, 그 기울어진 저울추를 바로 잡고 한번쯤 천천히 곱씹어 볼 일이다.

Contents

글 정은영
사진 이진하

—
서울. 천호. 대장장이.
—

아버지. 강영기.

아들.　강단호.

"50년을 대장장이로 살아오신

아버지가 보시기에 저는

여전히 서툴고 갈 길이 멀겠지만,

할아버지 때부터 76년을 이어온

이 대장간이 100년을 넘길 수 있도록

그때까지 꿋꿋하게 지켜내는 것,

그것이 아버지가 평생을 바친 이곳에서

제가 일하고 있는 이유입니다."

아들 강단호(33세)
3대, 가업 승계 8년
동명대장간
대장장이

어린 시절 운동장에서 공을 굴리고, 태권도 기합을 넣는 것이 가장 좋았던 소년 단호 씨는 청년이 되어 건축 관련 학과로 대학 진학을 했다. 건설 현장에서 일하면서 진로에 대해 깊은 고민을 한 그는 어차피 녹록하지 않은 직장생활이라면 최고의 대장장이 밑에서 제대로 배우면서 아버지를 돕고 싶다는 생각이 들어 가업을 잇기로 결심했다. 처음에는 아버지의 거센 반대에 부딪혔지만, 지금은 누구보다 든든하게 아버지의 곁을 지키는 8년차 대장장이로 살고 있다.

서울. 천호. 대장장이.

서울. 천호. 대장장이.

서울. 천호. 대장장이.

서울. 천호. 대장장이.

100년 대장간을 꿈꾸는
강남의 대장장이

서울 강동구 천호동의 번화한 골목길. 로데오 거리라 불리는 복합 상권 가까이 자리한 그 골목 양쪽에는 크고 작은 점포들이 행렬을 이루고 손님들을 맞는다. 큰 상가 맞은편, 멀리서도 단번에 시야에 들어오는 작은 가게가 있다. 오래되고 낡은, 그러나 켜켜이 세월의 잔향이 곱게 배어 있는 간판의 흐릿한 글씨, 동명대장간. 동쪽을 밝힌다, 아니 동쪽의 밝은 빛이라 해야 할까. 잰걸음으로 다가가니 가게 안에서 작지만 강렬한 불꽃이 파닥파닥 피어오르는 것이 보인다. 시뻘건 화덕 속으로 빨려 들어간 쇳덩이들이 하나둘 벌겋게 달아오르는 소리. 치이익, 칙, 팟. 그 좁은 가게 안에 예순 고개를 넘긴 아버지와 서른 초반의 청년이 달구고, 두드리고, 식히고, 다시 달구고, 두드리고, 식히는 과정을 반복하고 있다. 대개의 아버지와 아들이 그러하듯 무뚝뚝하게, 말없이 그저 눈짓, 손짓만으로 척척 호흡을 맞춘다. 1000도씨가 넘는 뜨거운 화덕 앞에 선 부자의 이마와 귓가에는 조용히 땀방울이 송골송골 여물고 있다.

아버지와 아들이 함께 일하는 동명대장간

얼마나 지났을까? 어느새 시곗바늘이 정오를 훌쩍 지났다. 그제야 걸걸하고, 두툼한 아버지의 목소리가 들린다.

"단호야, 밥 먹을 준비하자."

"네, 아버지. 잠시만이요."

아버지가 먼저 좁다란 가게 뒤편 칸막이 안쪽으로 발걸음을 옮긴다. 작은 냉장고에서 찬 통에 담긴 반찬을 꺼내고, 한편에 놓아 둔 양은 냄비를 탁자에 올린다. 두세 명이 살짝 팔꿈치가 닿을 만큼 오붓하게 모여 앉아 한 끼 식사를 해결할 수 있는 아담한 공간. 아버지와 아들은 이곳에서 이마와 등줄기에 흥건한 땀을 닦은 후, 어머니가 싸주신 밑반찬을 풀고, 찌개를 휴대용 가스버너에 끓여 낸다. 보글보글 작은 불꽃이 얼큰한 김치찌개를 요리하는 동안 아버지는 아들 단호 씨에게 툭 한마디를 건넨다.

"많이 먹어라. 그래야 힘내서 또 일하지."

단호 씨의 눈가에 살짝 번지는 웃음을 아버지는 놓치지 않는다. 무뚝뚝한 아버지는 그의 입가에 미소가 번지는 것을 들킬 새라 밥 한 숟가락을 크게 떠 냉큼 입안에 넣는다. 그런 아버지를 아들은 보았을까.

"호미 날 좋은 거 하나 있나?"

서울. 천호. 대장장이.

"아, 안녕하세요? 곧 찾아 드릴게요."

"이거 다시 수리해야 할 것 같은데, 좀 여물게 만들어 줘야 돼. 내 밥줄인 거 알지?"

"예, 예. 걱정 마세요."

삼십 분 남짓한 점심시간에도 단호 씨에겐 좀처럼 진득하게 앉아서 밥 한 끼 먹을 틈이 주어지지 않는다. 끊임없이 가게 문턱을 넘나드는 손님들 때문에 단호 씨는 가게를 종횡무진하기 일쑤다. 대부분 대장간에 구비한 물건들을 사거나, 호미나 낫, 정 등의 연장 수리를 맡기는 사람들이어서 굳이 아버지까지 움직일 필요가 없다는 게 단호 씨의 이야기이다.

"이제는 웬만한 일들은 제가 처리할 수 있을 만큼 익숙해졌어요. 물론 오래된 단골손님들은 늘 아버지를 먼저 찾으시고, 숙련된 기술을 필요로 하는 일들은 저 혼자 처리 못하지만 나머지는 되도록 제가 해결하려고 노력해요."

아들의 이야기처럼 아버지 강영기 씨는 여간해선 식사 시간 내내 자리에서 일어나지 않았다. 아들에게 입버릇처럼 손님들에게 친절해야고 한다, 항상 웃는 얼굴로 대하라고 잔소리를 하면서도 어느새 그의 곁에서 든든하게 자리를 지키고 있는 아들의 모습이 지금도 믿기지 않을 때가 있다. 항상 그를 찾는 손님들 때문에 일 년 열두 달 그 자리를 지키고 있어야 했던 그가 이제는 사나흘을 비우고, 산으로 바다로 짧은 여행도 떠날 수 있게 된 것 역시 아들이 그의 짐을 나누어지고 있기 때문임을 그는 잘 알고 있다. 문득 문득 분주한 아들의 뒷모습을 바라보는 시선에서 여전히 아들이 불안하면서도 한편으론 아들이 대견하고, 기특한 아버지의 마음이 전해진다. 대한민국의 여느 아버지처럼 살가운 말로 따뜻하게 보듬는 소리는 못 하지만 그 역시 속정 깊은 아버지의 마음 그대로였다.

50년 대장장이로 살아온 아버지 강영기 씨

서른을 훌쩍 넘기고, 장가들어 가정까지 꾸린 장성한 아들을 보면서 아버지 강영기 씨는 가끔 마음 한쪽이 묵직하고 저릿하게 아프다. 그가 아들에게 품은 감정은 보통의 평범한 아버지들이 갖는 그것과는 많이 다른 색깔이다. 그도 그럴 것이 그가 살아온 시간이 결코 아들에게 떳떳하게 물려주고 싶은, 자랑스러운 세월의 흔적만은 아니기에 아들에게 더 쇠심줄처럼 구는 것일지도 모른다. 그러나 아들이 그의 길을 잇겠다고 처음 그의 인생에 말을 걸어왔을 때, 그러니까 8년 전부터 그는 평생 마음을 쇳덩이처럼 짓누르던 후회, 어리석었던 선택에 대한 오랜 한을 조금씩 내려놓았다.

당신 스스로는 천한 일이라 부끄러이 여겨 도망치다 상처투성이로 되돌아온 이 자리를 아들 단호 씨가 지키고 이어가겠다고 말한 그 순간부터 그는 조금씩 치유되기 시작한 것이다. 처음엔 아들의 결심을 묵살하고, 말리고 또 말렸지만 그를 닮은 아들의 고집은 결국 그를 다시 일으켰다. 그리고 아들의 자랑스러운 아비로, 진정 부끄럼 없는 아비로 바로 서기 위해 그는 스승이 되어야 했고, 조각난 마음을 추스려야 했다. 그리고 대장간에서 평생 그가 쏟아부은 시간과 열정, 에너지를 이제는 아들을 위해 다시 되살려야 했다. 그것이 곧 그의 상처도 씻고, 달구고, 녹여 없애는 길이라는 것을 그는 알고 있었던 것일까. 젊은 날의 혈기, 대장장이인 그의 아비가 부끄러워, 다른 길로 멀리 도망쳤던 스스로의 과거에서 그는 이미 저만치 멀어지고 있었다.

아버지 강영기 씨가 대장장이로 살아온 지 벌써 50년을 바라본다. 부친이 일제 강점기에 강원도 철원에서 대장간을 시작했을 무렵, 그 어린 시절부터 자연스레 아버지의 일을 보고 배우며 자랐다. 그러다 6 · 25 한국전쟁이 발발하고 가족 모두 강원도를 떠나 삶의 터전을 옮기면서 동명대장간도 이곳 천호동에 터를 잡았다. 열네 살이라는 어린 나이에 아버지를 따라 대장간에서 일을 시작한 그는 천호동에서만 쭉 자리를 지키고 있다. 그러나 그 자리를 그가 항상 지키고 있었던 것은 아니다.

"예전에는 대장장이가 천한 직업이었어요. 하루 종일 한자리를 지키고 불 앞에서 두들기고 또 두들기고 육체적으로 매우 고된 일이기 때문에 굉장한 인내심도 필요하고. 그러다 보니 젊은 혈기에 감당하기가 너무 어려워서 중간에 다른 일을 하려고 이런저런 시도를 많이 했죠. 군대를 제대하고 나서 제일 먼저 목수 일에 뛰어들었어요. 눈썰미도 있어야 하고 손재주도 필요하니 대장간 일과 통하는 데가 있어서 처음엔 목공소 일이 손에 잘 붙고 재미도 있더군요. 그러다 자재를 잘못 써서 한순간에 모든 게 날아가 버렸지요. 정말 눈앞이 깜깜했어요. 그래서 이를 악물고 다시 아버지가 계신 대장간으로 돌아와야 했습니다."

그의 방황은 여기서 끝나지 않았다. 사회적으로 천한 직업에 몸은 고되고 돈벌이도 시원찮은 대장장이로서의 삶에서 그는 여전히, 어떻게든 도망치고 싶었다. 묵묵히 한곳에서 자리를 지키며 대장간을 지켜 온 아버지는 그에게 버겁고, 벗어나고 싶은 상대였다. 그래서 공사판에서 막일을 하면서 다른 일도 도모했지만 번번이 그는 대장간으로 되돌아와야 했다. 나면서부터 보고 배운 대장간 일이 그에게는 가장 익숙했고, 어느 때부턴가 아들의 방황을 묵묵히 지켜봐 준 변함없는 아버지와 그 자리가 운명처럼 그의 것으로 여겨졌기 때문이다. 그렇게 오랜 시간의 방황을 끝내고 마침내 대장간을 물려받아 본격적으로 대장장이로서의 삶을 시작했을 때, 다행히 운도 따라주었다.

서울. 천호. 대장장이.

"88올림픽 전후해서 건설 붐이 엄청났어요. 건축 경기가 호황이다 보니 대장간도 덩달아 장사가 잘된 거예요. 그래서 돈을 많이 벌었답니다. 정말 신명나게 일했죠. 그때, 잘될 때 잘 지켰어야 했는데……. IMF 때 빚보증을 잘못 서는 바람에 그간 쌓아놓은 모든 것을 한순간에 날려버렸어요. 그때부터 모든 게 틀어지기 시작했습니다."

풀무질과 매질은 우리네 가혹한 삶과 닮아

모든 병은 마음에서 온다고 했던가. 한순간의 실수로 그간 쌓아온 것들을 모두 빼앗기면서 그도, 아내도 지독한 병을 얻게 되었다. 단란했던 가정의 평화가 깨지고 끊이지 않는 불화가 이어졌다. 당장 거리에 나앉게 된 현실을 받아들이기 어려웠던 이들 부부는 마음의 화를 다스리지 못하고 몸져눕게 되었으며 그와 아내는 교대로 큰 수술을 여러 번 받아야 했다. 그의 아들과 딸, 그리고 부부 모두에게 무척 힘들고 고통스러운 시간이었다. 그 혹독했던 시련은 세월의 파고를 넘나들며 하나둘 해결되어 갔지만 그의 부친이 평생을 지켜 온 동명대장간, 지금의 천호동 자리는 결국 남의 손에 넘어갔다. 그 작은 가게마저도 지키지 못해 부친 때부터 일해 온 손때 묻은 가게에 이제는 월세로 세들어 지내야 하는 것만큼은 아직까지도 견디기 힘든 상처로 남아 있다.

"이 자리는 어떻게든 지켰어야 했는데 그걸 못해서 아직도 그때를 생각하면 속에 뜨거운 게 치밀어 올라요. 어떻게든 그 시간들을 버텼지만 아내에게 너무 미안하고, 무엇보다 자식들에게 아무것도 줄 것이 없는 부모가 되어버려서 지금도 속이 타들어 갑니다."

그의 깊은 한숨이 쓸쓸하게 허공으로 흩어졌다. 치기 어린 젊은 날의 혈기로 잠깐 떠돌았던 시절은 있었지만 지금껏 단 하루도 허투루 보내지 않았던, 제 몫의 날들에 누구보다 성실했던 그에게 삶은 가혹했다. 아내와 번갈아 전신마취까지 해야 하는 여덟 번의 대수술로 착실하게 하루하루 일해서 번 돈은 모두 병원으로 들어갔지만 그래도 그는 살고자, 이겨내고자 대장장이 특유의 뚝심으로 버텨냈다. 뼛속까지 저리고 아픈 고통을 그는 감당하고, 또 감내했다. 그렇게 버티다 보니 상처는 조금씩 아물고 있지만 그 베인 상흔은 없어지지 않는 법. 그는 문득 평생을 해온 일과 자신의 삶이 닮았다는 생각을 했다.

"둔탁한 쇳덩이 하나가 날카로운 정으로 탈바꿈하려면 수백 번, 아니 수천 번의 풀무질과 담금질, 그리고 매질이 필요한 법인데, 그래야 그것이 제 몫을 하는데, 사람도 마찬가지 아니겠어요? 사는 게 풀무질과 매질의 반복인 게지. 그렇게 시뻘건 불구덩이에도 들어갔다가 실컷 몽둥이질도 당하고, 그래야 쓸 만한 연장이 되는 것처럼 말이에요. 인생도 같더이다. 그게 그렇더구먼……."

8년차 초보 대장장이, 아들 강단호

대장장이가 두세 시간을 투자해야 만들 수 있는 호미 하나를 공장에서 기계로 제작하면 한 번에 수십 개씩 생산하는 시대가 오면서 마을마다 한두 개씩 성행하던 대장간은 하나둘 역사 속으로 사라졌고, 동명대장간처럼 전통 방식을 지키고 있는 대장간은 전국에서도 그 수를 헤아릴 정도이다. 게다가 70년 넘도록 서울 한복판에서 가업을 잇고 있는 대장간은 더욱 찾아보기 어렵다.

그러나 고집스럽게 한길을 가는 동명대장간의 가치를 알아보는 사람이 하나둘 늘어나면서 이들 부자는 요즘 유명세를 톡톡히 치르고 있다. 그리고 그 유명세의 중심에는 누구보다 먼저 대장간의 가치를 알아보고 그걸 지키고자 쉽지 않은 선택을 한 삼십 대 초반의 청년 강단호 씨가 있다. 그리고 아버지 강영기 씨 역시, 이제는 아들의 선택을 지지하고 응원한다.

"처음에 아들놈이 대장간에서 일을 하겠다고 말하는데 가슴이 턱 막히더라고요. 대학 졸업하고 멀쩡히 회사 잘 다니던 녀석이 회사를 때려치우는 것도 기가 막힌데 더 좋은 직장을 찾는 게 아니라 내 밑에서 이 험한 일을 하겠다니 내가 답답하고, 화가 나서 절대 안 된다고 했죠. 나가서 제대로 된 직장에서 돈을 벌어야 한다고 여러 번 이야기했는데, 허, 이 놈 고집이 쇠심줄인 거예요."

자식 이기는 부모는 없다고, 결국 단호 씨의 고집이 아버지를 꺾었다. 아니 아버지의 빈자리를 그가 채웠다는 말이 더 정확할 것이다. 아버지와 어머니가 여러 차례 암 수술로 힘든 시간을 보낼 때 단호 씨가 자연스럽게 대장간 일을 도왔고, 처음에는 못 미더워하고, 만류하던 아버지도 차츰 아들에게 의지하면서 그렇게 아들은 아버지가 걷던 길에 한 걸음, 두 걸음 동행하게 되었다. 물론 단호 씨 역시 쉬운 결정은 아니었다.

"어린 시절 제 꿈은 태권도나 야구 선수가 되는 거였어요. 그런데 운동을 하는 것도 돈이 많이 들어서 중학교 2학년 때까지 태권도를 하다가 결국 체육대학에 가는 것을 포기했어요. 건축 관련 학과로 대학에 진학하면서 군 제대하고 건설 회사에 취직했죠. 한 1년 정도 다니다 보니까 너무 힘들고, 적성에도 안 맞았어요. 적은 월급으로 현장을 옮겨 다니면서 힘든 일 하는 것도 감당하기 어려웠지만 남 밑에서 제대로 배울 수 있는 것도 아니고, 여러모로 고민이 많았습니다. 그때 어차피 직장생활은 힘든 건데 차라리 아버지 밑에서 도와드리면서 일도 배우면 어떨까 생각이 들더군요. 물론 어렸을 때부터 아버지가 힘들게 일해 오신 것을 알았기 때문에 쉽게 결정한 것은 아닙니다."

서울. 천호. 대장장이.

그도 첨단 디지털 시대를 살아가는 젊은이로, 세상이 어떻게 돌아가는지 알만큼 아는 혈기 왕성한 청년이었다. 대장간 일을 이어받기로 결심했을 때 그의 나이 불과 스물일곱이었지만 그는 그때의 선택을 결코 후회하지 않는다고 말한다. 아버지의 강한 반대에도 고집을 꺾지 않을 수 있었던 확고한 이유가, 지금도 여전히 그를 붙들고 있기 때문이다.

일터에서 만나는 아버지는 최고의 스승

"아버지 말씀처럼 대장간 일은 쉬운 일이 아닙니다. 소위 3D 업종이고, 남들이 선호하는 직업도 아니니까요. 그리고 막상 일을 시작하고 보니 굉장히 힘들더군요. 그래도 이 분야 최고이신 아버지에게 배워야 할 것이 많고, 스승으로서 누구보다 잘 가르쳐주실 거라 믿었기 때문에 힘들어도 꾹 참고 8년을 버틸 수 있었습니다."

대장간 일이 만만하게 볼 일이 아니라는 것을 금세 깨달았지만 무엇보다 이토록 힘들고 고달픈 일을 수십 년 넘게 해 오신 아버지에 대한 존경심이 그를 하루하루 버티게 했다고 그는 강조한다. 비좁은 공간에서 새벽부터 저녁까지 몸을 부딪치며 일하지만 살가운 말 한마디 건네지 않는 엄격한 스승인 아버지 곁에서 굳은살이 박인 손가락 마디마디를 바라보고, 한여름이면 50도까지 올라가는 좁은 작업장에서 땀을 뻘뻘 흘리며 묵묵히 자리를 지키는 그 뒷모습을 바라보는 것만으로도 그는 대장간 밖 세상에서는 배울 수 없는 많은 것들을 배우고, 깨닫고, 삶으로 만들어갔다. 일터에서 만나는 아버지는 결코 늙고 힘없는 노인의 모습이 아니었다. 여전히 당당했고, 50년 장인의 내공과 솜씨는 초보 대장장이 단호 씨에게는 그저 고개 숙여 조아리며 배워야 할 스승의 그것이었다. 그러나 아들의 그러한 마음이 아버지 강영기 씨를 다시 살게 하는 힘이었음을 아들은 미처 눈치채지 못하고 있는 듯했다.

"뭐 하나 자랑할 것도 없는 아비인데 나한테 배우면서 일하겠다고 그리 고집을 피우니 승낙은 했지만 걱정이 이만저만이 아니었습니다. 대장간 일이 다치기 쉬워서 안전이 제일 중요하니까 계속 긴장해야 하고, 벌이도 시원치 않으니 살림도 팍팍할 것인데. 근데 이제는 아들놈 없으면 내가 힘들 거 같아요. 아무래도 아들이니까 돈이든 뭐든 믿고 맡길 수 있고, 요즘 애들 같지 않게 이 힘든 일을 하겠다고 붙어 있는 것을 보면 내 자식이지만 기특하고 대견해요. 엄청 고맙지."

단골손님들의 칭찬과 인정이 최고의 보람

강영기 씨의 말처럼 대장간은 이제 박물관에나 들어갈 법한 사라져가는 옛 문화일지도 모른다. 중국산 저가 농기구나 건축 공구들이 쏟아져 나오는 탓에 이제는 대장간에서 만든 공구를 사는 사람도 많이 줄어서 때론 운영하는 것조차 버거울 정도다.

"공구를 새로 맞추는 것보다 수리하러 오는 손님들이 훨씬 많죠. 다들 자기가 쓰던 물건에 대한 애정이 크고, 연장은 쓰면 쓸수록 손에 익고 길이 드니까. 근데 우리가 한 개 수리에 1000원을 받거든요. 그게 수십 년 전 가격이에요. 워낙 살기 팍팍한 시절이라 그런지 500원을 올렸더니만 손님이 뚝 끊기는 거예요. 그래서 어쩔 수 없이 다시 1000원으로 내렸죠. 건축 경기가 살아야 대장간도 더 흥할 텐데……. 그래도 손님들은 꾸준히 찾아온답니다. 큰 욕심만 안 부리면 먹고 살 수 있는 게지요."

단돈 1000원을 위해 한여름에도 뜨거운 화덕 앞에서 풀무질하는 수고를 감내해야 할 만큼 대장간의 일은 녹록지 않다. 이윤을 위해 철물이나 기성공구 제품을 함께 팔아야 수지를 맞출 만큼 열악한 상황이지만 그래도 대장간이 꿋꿋하게 70년을 넘길 수 있었던 데는 그들의 뚝심만큼이나 한결같은 이들의 응원이 한몫을 했다. 세상은 놀랄 만큼 빨리빨리 변화하지만 여전히 장인의 손길로 만드는 수제품을 찾는 오랜 단골들의 발길이 끊이지 않고 있기 때문이다. 이 사실을 단호 씨도 잘 알고 있다. 그리고 그들이 찾는 것 역시 할아버지, 아버지에 이르기까지 수십 년 한길을 고집한 장인

정신 때문이라는 것도 그는 놓치지 않았다. 그러한 사실이 어느새 그에겐 3대를 잇는 대장장이로서의 자부심으로 가슴에 조금씩 새겨졌고 언젠가는 아버지를 찾는 고객들까지도 수십 년 손에 익은 도구들을 기꺼이 자신에게 믿고 맡길 날이 올 것을 기대하고 있다.

"제가 제일 처음 만든 것이 콘크리트 깨는 정이었거든요. 처음에는 진짜 힘들었는데, 이젠 제법 잘 만들어요. 물론 아버지를 따라가려면 아직 멀었지만, 요즘은 손님들이 제가 만든 것을 칭찬해주시고, 일부러 찾으실 때가 있어요. 그때 정말 보람을 느끼고, 더 잘하고 싶단 생각이 들죠. 아버지도 한결같이 당신을 찾는 고객들 때문에 이 일을 계속 하고 계시는 거 아닐까요?"

아버지와 아들, 대장장이의 하루를 엿보다

올해 나이 서른셋. 2년 전 결혼하여 이제 어엿한 한 가정의 가장이 된 청년 강단호. 그의 하루는 새벽 5시, 이른 시각에 시작된다. 아직 새벽잠이 많은 나이지만 이내 잠자리를 털고 일어나 아내의 배웅 속에 남양주에 있는 집을 나선다. 그가 서울 천호동의 동명대장간에 도착하는 시간은 시곗바늘이 6시를 가리킬 무렵. 이른 아침 공사현장으로 나가는 인부들이 많아서 대장간은 그들의 일과 시작에 맞춰서 문을 연다. 단호 씨가 출근하고 제일 먼저 하는 일

서울. 천호. 대장장이.

은 화덕에 불을 피우는 일. 그 다음 가게의 물건들을 정리해서 내놓고, 필요한 물건들을 체크해서 그 날의 주문을 확인한다. 그렇게 분주한 아침을 보내고 나면 아버지 강영기 씨가 8시쯤 가게에 들어선다. 어머니가 싸주신 도시락을 들고 오는 것은 아버지의 몫이다. 새벽같이 출근하느라 끼니를 챙길 수 없는 아들을 위해 아침과 점심 도시락을 함께 준비한다. 아버지와 아들은 아침을 같이 먹으면서 그날의 일과를 시작해, 저녁 8시까지 동명대장간에서 뜨거운 하루를 보낸다. 그렇게 아버지는 그곳에서 하루하루 한결같이 50여 년을 보냈고, 아들은 8년을 넘기고 있다.

단호 씨가 아버지에게 처음 배운 일은 손님을 대하는 법이다. 무뚝뚝하고 엄한 아버지가 손님을 대할 때는 항상 서글서글한 웃음으로 친절하게 그들과 대화를 주고받는 모습을 그는 쭉 지켜보았다. 하여 그도 어색함을 꾹꾹 누르고 웃음을 연습하고, 또 연습하다 보니 이제는 단골손님의 발소리만 들어도 입가에 미소가 절로 생긴다.

아버지는 그 다음에서야 불을 다루는 법을 단호 씨에게 가르쳐주었다. 대장간의 대장장이는 불을 다루는 사람이다. 불의 성질을 잘 알아야 쇠를 달구고^{풀무질}, 식히고^{담금질}, 두드리는^{매질} 법을 알게 된다. 쇠를 너무 오래 달구어도, 너무 짧게 달구어도 안 된다. 온도 조절이 매우 중요한데 보통 불의 온도는 1200~1300도씨에 달한다. 노련한 아버지의 손놀림이 한창 달아오른 화덕에 쇳덩이를 넣고 이리저리 돌려가며 풀무질을 시작한다. 벌겋게 달궈진 쇳덩이를 모루 위에 올려놓으면 아들 단호 씨의 아직은 서투른 망치질이 시작된다. 땅땅 땅땅. 대장간 문밖으로 흩어져 울리는 망치질 소리가 지나가는 사람들의 귓가를 맴돈다. 그렇게 수년의 시간 동안 풀무질을 하고, 불을 다루는 연습을 하다 보니 이제는 중간 정도는 간다고 단호 씨는 이야기한다.

"때론 2000도씨에 달하는 뜨거운 화덕 앞에 하루 종일 있다 보면 가끔은 꾀를 부리고 싶은 생각도 들지만 아직 갈 길이 멀어서 게으름을 피울 수가 없습니다."

싸구려 중국산 공구라도 이들 부자의 화덕을 거치면 성능 좋은 국산 연장으로 탈바꿈한다는 게 아버지 강영기 씨의 말이다.

"중국산도 우리 불에 넣었다 빼면 그게 국산이 되는 거죠. 우리가 두드리고, 만져주면 완전히 달라지거든. 지가 아무리 못나도 우리 불 속에 달궈서 국산 손이 두들겨 대는데 달라지지 않을 재주가 있나요? 허허허."

아직도 고급 기술자들은 중국산보다 강영기 씨가 손수 만든 최고의 제품을 선호하고, 사람에 따라 수년 이상 같은 도구를 쓰고, 수리를 맡기며 그렇게 대장간과의 인연을 이어왔다. 건축 경기는 좋지 않지만 그래도 꾸준히 손님이 있어 들고남이 적은 업종이라는 것도 이 분야의 장점이라고 말하는 아버지는 꾸준히, 성실하게 하루하루를 보내면 언젠가는 당신을 넘어설 것이라며 아들에 대한 격려도 잊지 않는다.

"이 일이 눈썰미도 필요하고, 손재주랑 힘도 좋아야 하거든요. 그리고 가장 중요한 게 끈기인데 일이 힘드니까 아들 녀석이 가끔 딴청을 부려요. 근데 내가 그 맘을 왜 모르겠어요. 젊은 녀석이 이 좁은 가게에서 하루 종일 새벽부터 저녁까지 저러고 일하는 것만으로도 대견하죠. 지금 잘하고 있는 거예요. 앞으로도 더 잘할 거고. 암, 그렇고 말고. 누구 아들인데."

3대째 한자리를 지켜온 동명대장간을 알게 된 것은 한 언론 보도를 통해서였다. 기사를 보고 물어물어 직접 대장간에 찾아간 첫날, 책의 취지를 이야기하고 인터뷰를 요청했을 때 예의 그 무뚝뚝한 답변이 돌아왔다. 취재할 게 뭐 있겠냐는 짧은 대답이었지만 말 없는 긍정의 답변으로 듣고 대장간 취재를 시작하면서 과연 이 무뚝뚝한 아버지와 아들에게서 지나온 수십 년의 세월을 어떻게 끌어낼까 고민에 고민이 이어졌다. 하루 종일 필요한 말 이외에는 침묵 속에 풀무질과 담금질만 반복하는 아버지와 아들에게서는 늘 단답형의 짧은 대답만이 돌아왔기에 우리에게는 오랜 시간이 필요했다. 한 번, 두 번, 세 번의 만남이 이어지면서 조금씩, 아주 조금씩 아버지와 아들의 삶에 가까이 다가가기 시작했고, 가게 뒷방에서 점심 식사를 함께하면서 속 깊은 이야기를 나누었다. 그리고 그 작은 공간에서 보글보글 끓어오르는 찌개의 뜨거운 김 사이로 아들의 뒷모습을 좇는 아버지의 따스한 시선을 만났고, 여전히 당당하고, 큰 스승의 모습으로 뜨거운 화덕 앞에 앉아 있는 아버지의 등줄기를 바라보는 아들의 모습에서 그 불기운보다 더 뜨겁게 타오르는 가슴 뭉클한 그것을 함께 느낄 수 있었다.

30년이 지나도 여전히 한 자루의 정을 수리하는 데 1000원의 돈을 받고, 하루에 수십 개의 정을 달구고 두들겨도 아버지와 아들이 손에 쥐는 것은 몇 만 원에 불과하다. 그들이 대여섯 개의 공구를 땀을 뻘뻘 흘리면서 수리해야 받을 수 있는 돈을 커피 한 잔의 값으로 아무렇지도 않게 쓰는 이들이 대부분인 현실을 생각하면 대장간에서 보낸 그 시간들은 마치 시간이 멈춘 듯, 때론 다른 세상의 이야기같이 느껴진다. 왜 이리 자주 오느냐는 면박을 받아가면서도 대장간 문턱을 수차례 넘나들며 우리가 본 것은, 그리고 만난 것은 무엇이었을까.

누군가를 인터뷰할 때면 항상 스스로에게 묻는 질문이 있다. 내가 그의 입장이라면, 그 사람의 삶을 살아야 한다면 나는 어떤 선택을 할 것인가? 모두들 더 높고, 화려하고, 더 편하고, 안락한 삶

서울. 천호. 대장장이.

을 꿈꾸는 시대에 사라져가는 역사의 한 끝자락을 잡고, 묵묵히 그 공간을 지켜내는 아버지와 아들의 선택 앞에서 나는 우리의 일상을 돌아보고, 다시 생각하는 시간을 갖게 되었다. 아버지와 함께 그 험한 길을 기꺼이 같이 걷는 아들의 용기, 그리고 진심이 내 삶을 매순간 돌아보게 했다. 그렇게 그들의 삶과 마주하면서 아들 단호 씨의 미래가 궁금해졌다.

"친구들은 저보고 행운아라고 합니다. 아버지와 제가 텔레비전에 방송된 것을 보더니 아버지가 평생을 일궈 놓은 것에 밥숟가락 하나 얹었다고 그러더군요. 저도 그렇게 생각합니다. 아버지가 다 이루어 놓으신 것이니까요. 그래서 제가 아버지께 해드리고 싶은 것은 기능 장인으로 인정받으실 수 있게 정식 절차를 밟는 것, 그리고 동명대장간이 100년을 넘는 대장간으로 우뚝 설 수 있도록 새롭게 브랜딩하고, 현대적인 공간으로 조금씩 만들어가는 것. 그렇게 대장간을 희소가치가 있는 명소로 만들고 싶습니다."

마지막으로 표지 촬영을 하기 위해 다시 찾은 대장간에서 단호 씨는 곧 아빠가 된다며 함박웃음을 지었다. 작년에 결혼한 딸아이까지 임신 중이라 동시에 두 명의 손자를 보게 될 강영기 씨의 얼굴은 웃음꽃이 가득했다. 곧 태어날 아들 짱짱이(태명)의 아버지가 되어 이제는 아들이자 아버지로서 새로운 삶을 살게 될 단호 씨가 만들어 갈 인생은 어떤 모습일까. 그의 말대로, 그의 꿈대로 100년을 넘는 대장간으로 오래오래 사람들에게 사랑받는 공간으로 남아 그의 아들도 이 대장간에서 뛰놀면서 다시 4대를 잇는 대장장이로 자라날까. 행복하고 즐거운 그들의 일상이 겹쳐지면서 많은 생각이 스쳐갔다. 오늘도 인생의 가장 큰 스승인 아버지로부터 담금질과 풀무질을 통해 근사한 대장장이로 연단되고 있는 강단호 씨의 10년 후가 벌써부터 기대된다.

멋지다, 강남의 대장장이!

서울. 천호. 대장장이.

"쇳덩이 하나도 수백, 수천 번의 풀무질과 담금질,

그리고 매질을 해야 제 몫을 하는데

사람은 어떻겠습니까?

내 아들도 지금은 고달파도 꾸준히 하다보면

일도 익숙해지고, 인생도 알고 그리 되겠지요.

바깥에서 돈을 벌어 와야 하는데

내 주머니에서 월급을 줘야하는 거 말고는

그래도 아들놈이 곁에 있어서 든든하지요. 허허.

고맙고 대견해요."

강원도 철원에서 대장장이였던 아버지에게 열네 살부터 일을 배우기 시작했다. 한국전쟁 이후 지금의 서울 강동구 천호동으로 대장간 터를 옮겨 아버지와 함께 대장간을 맡아 운영했다. 50년 가까이 대장장이로 살아오면서 손가락 마디마디 굳은살이 곳곳에 박이기까지 다른 삶으로 외유도 여러 번, 숱한 인생의 희로애락을 겪었다. 서울 한강 아래 강동구와 강남구를 통틀어 유일하게 전통 방식을 고집하며 3대를 잇고 있는 동명대장간의 대표 장인이다.

아버지 강영기(61세)
2대, 가업 승계 47년
동명대장간
대장장이

글 백창화

사진 이진하

—

대구. 용산. 시계수리공.

—

아버지. 이희영.

아들.　이윤호. 이인호.

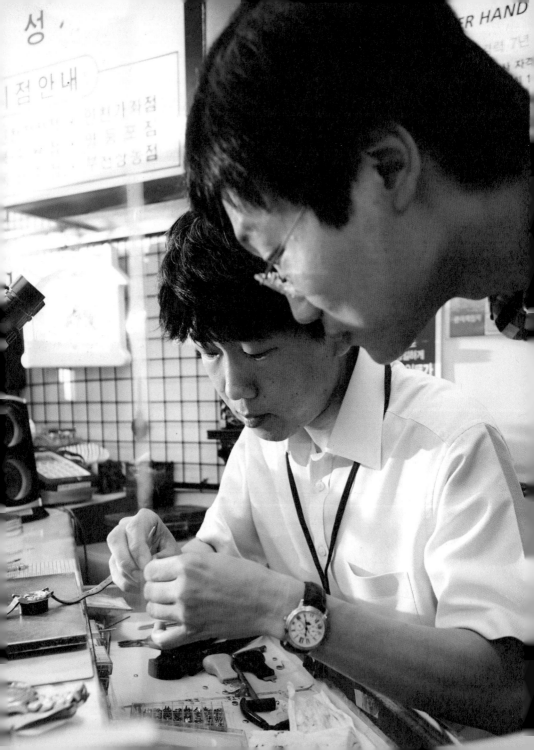

"아버님은 늘 언제나 정직하게,

내가 직접 사용할 것처럼

고객의 시계를 고쳐야 한다고 하셨지요.

그렇게 최선을 다하셨기 때문인지,

어린 시절 불러도 대답 없이 시계 수리에 몰두하는

아버님의 뒷모습은 어렵고 무서웠습니다.

아버님 뒤를 이어 작업대 앞에 앉게 된 지금,

저 역시 다른 이들에게 그렇게 몰입하는

장인의 모습으로 비춰지고 싶습니다."

이윤호(38세)
이인호(36세) 형제
2대, 가업 승계 15년
시계 전문점 스위스
시계수리공

아들들은 어려서부터 아버지의 등을 보고 자랐다. 경북 의성 작은 마을에서 평생 동안 시계와 함께 살아온 아버지는 대한민국에 여섯 명 뿐인 시계 명장이었고 아들들은 아버지 작업대 아래서 시계를 장난감 삼아 놀았다. 첫째 윤호 씨는 군대를 제대하고 곧바로 시계 장인의 길로 들어섰고, 둘째 인호 씨는 전기 기능직으로 직장 생활을 하다 가업의 세계로 뛰어 들었다. 대구와 구미에 각각 사업장을 두고 아직 결혼 전인 딸과, 두 며느리까지 가족 모두가 시계와 더불어 사는 명실공히 진정한 가업을 잇는 가족이다.

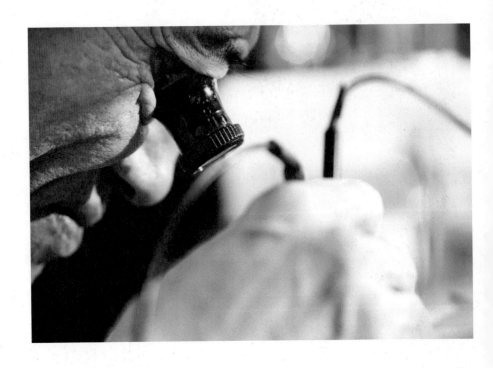

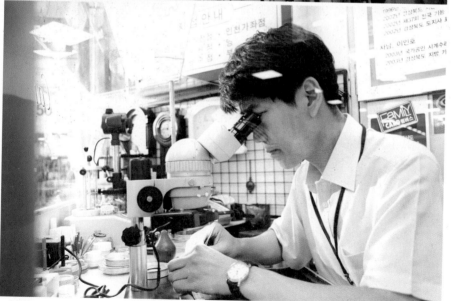

대구. 용산. 시계수리공.

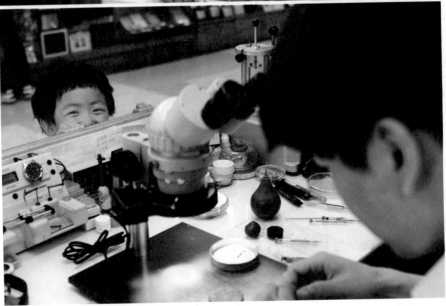

대구. 용산. 시계수리공.

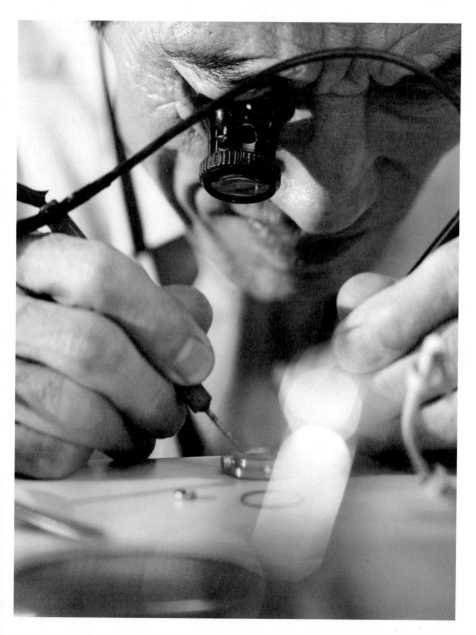

대구. 용산. 시계수리공.

대를 잇는
대한민국 시계 명장의 품격

운명은 타고나는 것일까, 혹은 재주가 곧 운명인 걸까? 어려서부터 분해하고, 만들고, 조립하길 좋아했던 시골 소년은 중학교 입학 기념으로 형님이 사준 귀한 손목시계를 밤새 갖고 놀았다. 낱낱이 분해해 속을 다 뒤져본 것이다. 가족들에겐 불벼락을 맞았지만 소년은 그때부터 열병을 앓았다. 매일같이 학교가 파하면 동네 유일한 시계점 앞에 매달려 살았다. 째깍째깍 시계 소리는 사랑하는 이의 심장 소리처럼 가슴을 뛰게 했고, 소년에게는 좁은 시계점이 광대한 우주처럼 여겨졌다. 소년은 결국 아버지의 염려와 기대 속에 고등학교 진학을 포기하고 시계점 점원으로 꿈을 향한 첫걸음을 내딛었다.

이상하게도 교복 입고 학교 가는 친구들이 하나도 부럽지 않았다는 빡빡머리 소년은 시계 수리 작업대 앞에 앉은 지 4년 만인 스물한 살에 최연소로 시계 수리 1급 기능사 자격증을 거머쥐고야 만다. 1976년에는 전국기능경기대회 시계 수리 부문에서 1등을 해 금메달을 땄다. 그리고 2001년, 시계 수리로 한길을 걸어온 그는 노동부장관 표창과 함께 대한민국 시계 수리 명장에 선정되었다.

그가 바로 대구에서 명품 시계 전문점 '스위스'를 운영하고 있는 이희영 시계 명장이다.

디지털 시대의 아날로그시계, 그리고 삼부자

아버지 뒤를 이어 대구에서 시계 장인의 길을 걷고 있는 장남 이윤호 씨. 그에게 시계점은 태어나면서부터 안락한 집이자 놀이터였다. 집과 가게가 한데 붙어 있었고, 어머니 역시 아버지를 도와 시계점 일을 보고 있었기에 윤호 씨는 시계 초침 소리 속에서 밥을 먹고 잠을 잤다. 시계는 그에게 장난감이자 오락이고, 일상의 한 부분이었다. 청소년 시기에 그는 이미 웬만한 시계 수리는 다 할 줄 알았다. 시계는 그에게 가장 쉽고도 만만한 것이었다.

"고등학교 졸업하고 군대 가기 전에 잠깐 시간이 남았어요. 할 일이 없으니 그야말로 심심풀이로 기능경기대회에 출전을 했는데 덜컥 3등을 해버렸어요. 내심 흐뭇했죠."

정식으로 배운 것도 아니고 어릴 때부터 어깨너머로 배운 솜씨로 가볍게 입상을 하자 자신감이 충만했다. 곧 입대를 했고, 전역을 앞두고 진로에 대해 잠깐 고민하다 그냥 시계 일을 하기로 했다. 순전히 쉬워 보였기 때문이다. 그렇게 그는 아버지 뒤를 잇는

대구. 용산. 시계수리공.

가업의 길로 들어섰다.

둘째 인호 씨의 경우는 조금 다르다. 아버지 이희영 명장은 장남에게는 가업을 물려줄 생각이었지만 차남까지 시계 일을 하는 걸 원치 않았다. '온 가족이 한 배에 타는 건 위험하다'는 게 그의 생각이었다. 또 삼부자가 모두 뛰어들어 이 일을 할 만큼 시계 수리 시장이 크지 않다고 판단했다. 디지털 기술의 발달과 휴대폰의 대중화로 시계 시장이 점점 줄어들고 있던 시점이었다.

기술고등학교에 진학했던 인호 씨는 전기 기능직이 미래가 밝다는 주변의 조언에 따라 전기를 전공했다. 대학에 진학한 이후에는 자격증이 곧 스펙이라는 생각으로 갖은 자격증들을 취득했다. 전기공사기능사, 환경기능사, 전기공사기사, 전기기사, 소방설비기사 등 대학 때부터 직장 생활 하면서까지 취득한 자격증만도 열 개가 넘을 정도다.

그런데 그렇게 몰두했던 전기 관련 업종에서 인호 씨는 밝은 미래를 보지 못했다고 했다. 월급쟁이 생활은 편안했지만 꿈을 갖기 힘들었고, 학교 다닐 때 선호 직종이던 전기 분야는 기술자가 넘쳐났다. 자격증이 아무리 많아도 전문성을 인정받고 평생 직업으로 삼기엔 비전이 없어 보였다. 고민하던 중에 아버지와 형이 운영하던 업장을 확장 오픈해야 하는 계기가 생겼다. 가족회의를 거쳐 결국 인호 씨까지 가족 사업에 동참하는 것으로 결론을 냈고 인호 씨는 새로 문을 연 구미 지점을 책임지게 됐다. 시계 수리 삼부자 시대가 열린 것이다.

대구 홈플러스 성서점 안에 있는 명품 시계 전문점 스위스가 문을 여는 시간인 아침 10시. 매장에 상품들을 진열하고 작업대 정리를 채 마치기 전부터 손님들이 기다렸다는 듯 찾아오기 시작한다. 첫 취재를 가기 전, 오전 시간이면 매장이 한가할 것이라 여겼다. 솔직히 주변에서 시계 찬 이를 찾아보기 힘든 요즘, 시계 수리점을 누가 찾을까 반신반의하며 찾아간 길이었다. 시계 수리 기술자란 어쩌면 곧 사라져갈 사양산업의 어두운 그늘 속에 서 있는 이가 아닐까, 살짝 염려하며 나섰던 길이었다.

그러나 오전 내내 인터뷰는 수월하지 않았다. 밀리거나 기다리는 일은 없었지만 신기하게 손님이 끊어지지도 않았다. 누구나 손에 휴대폰 하나씩 들고 다니는 세상, 전화가 오지 않아도 수시로 폴더를 열거나 혹은 화면을 터치하며 습관처럼 휴대폰을 들여다보는 세상에서 시간을 알기 위해 시계를 사용하는 이들의 숫자가 이리도 많았던가 싶었다.

가격은 또 어떤가. 명품의 세계를 제외하면 백화점에서, 마트에서, 거리에서 시계는 가장 값싼 물품 중 하나다. 심지어 원치 않아도 홈쇼핑 사은품으로 부록처럼 따라오거나 행사장 사은품으로 얻

대구. 용산. 시계수리공.

게 되는 공짜 시계도 적지 않다. 그렇게 값싸고 흔한 게 시계인데 고장이 났다고 고쳐서 쓰는 사람의 수가 만만치 않음을 목격한 것이다. 뭔가 그동안 알지 못했던 다른 세계의 속살을 들여다보는 듯한 느낌에 잠시 어안이 벙벙했다.

"한동안 시계 업계가 고전을 면치 못한 건 사실입니다. 어느 날 갑자기 아날로그시계가 모두 디지털 전자시계로 바뀌어버리고, 가격도 급격히 내려가니까 시계를 고치면서까지 쓸 일이 없었지요. 그러던 중 휴대폰까지 널리 보급되면서 시계 산업은 이제 몰락하는구나 싶었던 시절이 있었습니다."

이희영 명장이 시계를 처음 만났던 1960~1970년대는 팔목에 시계를 착용하고 다니는 게 부의 상징이던 때였다. 1980년대 들어오면서 시계가 일상에 자리잡았고, 그때만 해도 시계가 그리 싼 값은 아니어서 고장 난 시계는 반드시 수리점을 거쳐야 했다. 아마도 이때가 최고의 황금기였을 것이라고 그는 회상한다. 그러나 80년대 후반부터 경제가 성장하고, 디지털 기술이 무한 발전하면서 만원 안팎의 저가 시계가 넘쳐났다. 시계는 쓰다 고장 나면 미련 없이 버리고 새로 사는 값싼 소모품 정도로 인식되었다. 시계 수리업계는 어두운 터널을 지나야 했다.

이희영 명장은 '이제 우리 대에서 시계 수리업의 맥은 끊기나 보다' 생각한 적도 있었다. 그러나 최첨단 디지털 시대의 피로감은

복고라는 반발을 불러오고, 시계가 일상용품에서 패션 아이템으로 진화하면서 새로운 수요가 생성되었다. 한편으로는 본인의 가치를 입증해주는 소품으로 명품 시계의 수요가 늘어났고 필수품이 아닌 액세서리 기능을 하다 보니 한 사람이 여러 개의 시계를 트렌드에 따라 바꿔가며 착용하는 수요가 생겨난 것. 끊어질 것 같았던 시계의 명맥이 일정한 시장을 확보하면서 생명력을 갖게 되었다.

뛰어넘고 싶은 거목, 아버지

"명장님 안 계세요?"

이희영 명장이 잠시 자리를 비운 사이, 손님이 명장님을 찾는다. 매장을 지키고 있던 장남 윤호 씨가 자신에게 상담하라고 하자 손님은 곧 다시 오겠다고 하며 이내 자리를 뜬다. 이럴 때 함께 일하는 윤호 씨는 조금 머쓱하다.

명품 시계 전문점 스위스 대구점은 대한민국 시계 명장이 지키고 있는 곳으로 유명하다. 명장인 부친과 함께 두 아들이 가업을 잇는 곳으로 방송과 신문 등 미디어에 여러 차례 노출되었기 때문이다. 특히 시계 명장 여섯 명 가운데 다섯 명이 모두 서울에서 일을 하고 지방에는 단 한 명뿐이다 보니 대구뿐 아니라 다른 지역에서도 일부러 이곳을 찾아오곤 한다. 그런 이들은 비싼 명품 시계가

대구. 용산. 시계수리공.

아니더라도 이왕이면 자신의 시계가 명장의 손을 거쳐 재탄생하기를 원하는 마음이 있다.

하지만 기술력에 있어서 윤호 씨의 실력도 결코 만만치 않다. 어릴 때부터 유난히 손놀림이 좋고 섬세한 데다 성격도 조용해서 혼자 집중해서 일해야 하는 시계 수리업에 딱 맞는 적성을 타고 났다. 아들을 유심히 지켜본 부친의 권유대로 시계 수리 기능사 자격을 취득했고 다른 길은 돌아본 적이 없는 윤호 씨다.

어깨너머 배운 실력으로 기능대회에 출전해서 입상한 이력이 말해주듯 감각은 타고난 듯하다. 여기에 집요함이 더해졌다. 아버지의 청년기처럼 시계에 대한 호기심이 멈출 줄 몰라 시계 하나를 붙들고, 앉은 자리에서 하루 종일 일어나지 못한 적도 많았다. 손님이 원하는 대로 고장난 부분을 고쳐주기만 하면 되는데 새로운 시계를 만나면 자기 방식대로 낱낱이 살펴보고 연구를 하는 통에 시간을 잡아먹는 일이 많았다.

시계는 그 작은 몸통 안에 많게는 150여 개의 부품이 들어가 있는 섬세한 제품이다. 기능사라면 이중 70여 개 이상의 부품을 조립하고 분해할 수 있는 능력을 갖춰야 한다. 명품 시계의 경우 20~30년에서 길게는 100년이 넘는 시간 동안 그 수명을 보존하기도 한다. 정기적으로 관리하고 조여주고 닦아준다면 평생토록 삶을 함께하는 동반자가 될 수도 있는 것이다. 윤호 씨는 그 작은 우주에 탐닉했다.

독학으로 연구하고, 부족한 건 아버지에게 묻고 배웠지만 그것만으로는 성에 차지 않아 인터넷을 하염없이 탐색하곤 했다. 그는 해외 사이트인 아마존과 이베이 단골 고객이 되었다. 한국에선 결코 구할 수 없는 시계에 관한 고서적이나 전문서적을 눈에 띄는 대로 사들였다. 책은 대개 고가였고, 인터넷 쇼핑을 통해 책을 사들이다 보니 해외 계좌로 한꺼번에 수백만 원이 결제된 적도 있었다. 그러자 곧 세무서에서 연락이 왔다. 기업도 아니고, 개인이 해외 쇼핑몰 결제로 비싼 책을 마구 사들이는 걸 의아하게 여긴 세무서가 정황을 파악하기 위해 나왔던 것이다.

세무서에서도 관심을 가질 정도의 열정과 우여곡절을 거쳐 해외에서 사들인 시계 전문서적들은 윤호 씨의 독학에 큰 도움이 되었다. 한국에서는 시계를 배울 수 있는 대학의 학과가 현재 한 곳뿐이거니와 예전엔 많던 학원들도 지금은 모두 사라져 시계에 관한 최고 권위자는 아버지를 포함한 여섯 명의 명장들뿐이다. 그러나 그들도 시계에 관해 모든 것을 알고 있다고 할 수는 없는 법이니 젊은 세대인 윤호 씨가 갖는 시계에 관한 궁금증이나 호기심은 스스로 채워나가는 수밖에 없었을 것이다.

아버지는 보지 못한 세계의 명저들을 독학으로 공부했기 때문일

대구. 용산. 시계수리공.

까, 윤호 씨는 잠시 자만에 빠져 아버지 곁을 떠나려 한 적이 있다.

"일을 하는 방식이나 매장을 운영하고 손님을 대하는 방식 등에서 아무래도 차이가 있다 보니 아버지 그늘에서 독립하고 싶은 생각이 든 겁니다. 내 방식대로 이렇게 하면 될 것 같은데 아버지는 아직 내가 부족하다고 여겨서인지 전적으로 일을 맡기시질 않았어요. 사람들이 명장님만 찾을 때면 비록 명장의 아들이지만 어떤 면에서는 내가 아버지보다 낫다, 이렇게 자랑하고 싶은 생각도 들고요. 그래서 아버지 몰래 짐을 싸서 집을 나갔습니다."

이십 대 혈기왕성하던 청년 윤호 씨는 일본으로 가고 싶었다고 했다. 일본은 우리보다 기술이 앞선 나라고, 그곳에서 공부도 좀 더 하면서 아버지를 뛰어넘고 싶은 생각이었다. 그러나 계획을 알게 된 주변 어르신들이 만류했다. 기술이란 극히 개인적인 것이며 민감한 것이라고들 했다. 말하자면 기술자 본인에겐 지적재산권 같은 것인데 특히 일본같이 기술을 중시하는 나라에서 타국에서 온 낯선 청년에게 온전히 기술을 전수해 줄 리가 없다는 것이었다. 한국 땅에 배울 스승이 없으면 몰라도 대한민국 최고의 전문가를 부친으로 둔 사람이 굳이 일본에 가는 것 자체가 당찮은 일이라는 것이다. 윤호 씨의 가출은 단기로 끝났고, 그 이후 아버지는 윤호 씨가 보다 독립적으로 일할 수 있도록 배려해주었다.

아버지는 아들에게 상세한 매뉴얼을 가르쳐주지 않았다. 대신

과제가 생기면 스스로 해결하게 놔두었다. 끙끙대며 시계 수리를 마치고 나면 마치 대국을 마친 바둑기사들이 복기를 해나가듯 아버지와 아들은 수리 과정을 맞추어본다. 각자 다른 방식으로 일을 했지만 과제를 해결했을 때도 있고, 가르치고 배우지 않았는데도 똑같은 방식으로 수리를 마치는 때도 있었다. 아들만 일방적으로 아버지에게서 배우는 건 아니어서 이런 과정을 통해 아버지도 새로운 발견의 계기를 갖게 되곤 했다.

　함께 일을 하면서 윤호 씨는 한때 자신이 가졌던 자만심이 얼마나 한심한 것이었는가를 깨달았다. 아무리 재능을 타고 나고 열심히 연구를 했다고 해도 본인의 경력이란 고작 10년 남짓, 40년 이상 시계와 함께 해온 아버지의 경험치를 뛰어넘을 수 있다고 생각했던 것 자체가 말이 안 되는 발상이었음을 알게 되었다. 지금 그는 아직 자신이 도달하지 못한 진정한 장인의 길을 향해 뚜벅뚜벅 걷고 있다.

아들을 위해 마트로 들어간 명장 아버지

이희영 명장이 처음 시계와 인연을 맺고 자신의 첫 가게를 열었던 곳은 경북 의성군 다인면이다. 그때는 촌도 경기가 좋았다. 객지로 나가기보다는 고향에서 터를 잡고 사는 이들이 많았던 시절이

대구. 용산. 시계수리공.

었다. 1970년대 초반, 통일벼가 나오면서 농촌에 수확량이 많아졌고 농촌 경제가 좋아지자 시골 사람들은 너나없이 시계 하나씩을 차고 다녔다. 스물한 살 때 기능사 1급 자격증을 따고 나니 시계점 점원이 아니라 내 가게를 차리고 싶었다. 부친은 아직 어린 자식을 도회지에 내보내는 게 맘이 놓이지 않는다며 집 앞에 가게를 하나 내주었다. 조건이 있었다. 결혼해서 가정을 이루고 안정되게 정착하라는 것이었다. 스물다섯에 결혼을 했다. 그때부터 25년, 같은 자리를 지키며 일가를 이뤄왔다.

그동안 세상은 많이도 변했다. 농촌에서도 시계는 더 이상 부의 상징이 되지 못했고, 경기는 기울어갔다. 힘들었던 시절, 그는 기능경기대회 입상자들과 함께 동호회를 만들어 봉사활동을 시작했다. 1년에 두 번은 농촌으로 봉사활동을 나갔고, 지방 기능대회를 통해 후배들을 발굴하고, 그들을 전국대회에 출전시켜 메달을 따게 했다. 업의 맥을 이어야 한다는 생각 때문이었다.

아마도 아들 윤호 씨가 가업을 잇지 않았더라면 그는 여전히 고향 의성을 지키고 있었을지 모른다. 그러나 2001년 대한민국에서 다섯 번째로 시계 수리 명장에 선정되고, 자신의 바람대로 아들이 가업을 잇게 되자 그는 시골을 떠나 도시에 가기로 마음을 굳혔다. 아들의 장래를 위해 길을 열어주고 싶었기 때문이다.

마침 그때 전국에는 대형 마트가 성행하기 시작했고, 대구에 홈플러스가 처음으로 매장을 열면서 시계 수리점 입점을 제안했다. 가게와 집을 모두 대구로 옮겼다. 윤호 씨는 정식으로 출근을 하기 시작했고, 한 달이 지나자 아버지로부터 100만 원이 들어있는 월급봉투를 받았다. 그때부터 지금까지 윤호 씨는 단체협상도 계약도 없는, 순전히 사장 맘으로 액수가 결정되는 월급쟁이 생활을 하고 있다.

"그 나이 또래 회사원이 받는 월급 수준에 맞춰서 내 맘대로 결정을 하고 있습니다. 아이가 한 명 태어날 때마다 액수를 올려주었고요, 결혼하고 나서 며느리가 일을 도와주러 나왔을 때는 며느리 월급도 따로 챙겨주었습니다. 지금은 손주가 어려서 며느리가 매장에 못 나와 월급 대신 용돈을 줍니다."

아들은 어떻게 생각할지 몰라도 사장이자 아버지 입장에서는 비교적 공정하게 노동의 댓가를 챙겨주고 있다며 이희영 명장은 웃는다.

"월급쟁이 생활이란 게 다들 비슷하지요. 많이 받으면 받는 대로, 적게 받으면 받는 대로 적응해서 살아가는 것 아닙니까? 만족하고 있습니다. 그래도 앞으로는 좀 더 긴장해야 할 것 같습니다. 얼마 전 셋째 딸이 태어났거든요."

2008년 결혼한 윤호 씨는 딸만 셋을 두었다. 다섯 살 수연이, 네 살 수정이에 이어 막내 수진이가 올 여름 태어났다. 집은 매장에서

대구. 용산. 시계수리공.

걸어서 10분 거리, 아버지와 아들은 같은 아파트, 같은 층에 현관을 마주하고 나란히 살고 있다. 특별한 일이 없는 한, 아버지와 아들은 서로 교대해가며 점심 식사는 꼭 집에 들어가서 한다. 하루종일 좁고 답답한 매장 안에 갇혀 있기 때문에 바깥 공기를 쐬면서 산책도 하고, 아이들과 눈도 맞추고, 아내와 대화도 나누는 휴식 시간인 셈이다.

개인 매장이 아니고, 대형 마트 안에 있기 때문에 겪는 어려움이 있으니 바로 퇴근 시간이 밤 11시라는 것. 마트가 문을 열고 있는 동안은 마트 내 업장들도 가능한 문을 열고 있어야 하는 영업 원칙 때문에 손님이 있으나 없으나 개점 시간을 지켜야 한다. 뿐만 아니라 올해 들어 월 2회 의무 휴무제가 실시되기 전까지는 한 달에 단 하루도 쉬지 못하고 격무에 시달려야 했다. 매일 아침 10시부터 밤 11시까지 비가 오나 눈이 오나, 명절도 공휴일도 없이 매장을 지키고 있어야 해서 가족 모임은커녕 가족들이 다 함께 모여 식사 한번 하기가 힘들었다. 이를 두고 윤호 씨는 '직업은 만족스러운데 직장은 너무 힘들다'고 하소연한다. 요즘처럼 직장보다 가정이 우선시되고, 개인의 여가가 무엇보다 중요해진 시대에 가족과 함께 맘대로 시간을 보낼 수 없다는 건 무엇보다 큰 어려움인 것이다.

이렇게 개인 시간을 내기 힘든 상황에도 윤호 씨에게는 가능하면 반드시 챙기고 싶은 모임이 두 개 있다. 바로 같은 업종 동료들끼리 함께하는 동호회 '시사회'와 '나누리'다. 시계를 사랑하는 사람들의 모임인 '시사회'는 시계업계에서 일하는 이 중에 기능경기대회 입상자들만 가입할 수 있는 동호회, '나누리'는 입상 경력 여부를 떠나 시계와 관련된 일을 하는 이들이 두루 모여서 만든 동호회이다.

이 모임들이 중요한 이유는 자기 계발이 되기 때문이다. 어느덧 사양산업이 된 시계 수리업. 젊은 친구들이 더 이상 찾지 않아 후진 양성이 어렵고 혹여 기술을 배우고 싶다 하더라도 마땅한 학원 하나 없는 현실에서 동호회 회원끼리 나누는 정보는 밀도가 높아 서로에게 격려가 된다. 매일 아침 10시에서 늦은 밤 11시까지. 13시간이 넘는 긴 노동시간에 시달리면서도 그는 자신이 이루고자 하는 꿈에 도달하기 위해 오늘도 시간을 쪼개 책을 들여다보고, 인터넷을 뒤져 시계에 대한 최신 정보를 놓치지 않으려 애쓰며 산다.

"저는 어렸을 때 우리 아버지가 세상에서 최고인 줄 알았어요."

아버지와 형이 있는 대구점을 떠나 구미 홈플러스점에서 역시 시계 전문점 '스위스'를 열고 있는 둘째 아들 인호 씨. 그가 어릴 적 아버지 가게에는 기능대회에서 아버지가 금메달을 땄던 때의 사진과 그때 받은 메달이 자랑스럽게 걸려 있었다. 인호 씨는 그걸 국가대표 선수들이 올림픽에서 따낸 금메달과 똑같은 것으로 알고

대구. 용산. 시계수리공.

자랐다. 그에게 아버지는 대단한 분, 자랑스러운 존재였다. 아버지가 일하는 의자 밑으로 기어들어가 놀다 사고를 쳐서 야단도 많이 맞았지만 아버지 작업장만큼 재미있는 놀이터는 없었다. 신기한 것도 많았고, 그 곁에 있으면 어깨가 절로 펴졌다.

그러나 성장하면서 알게 된 사실은 사람들이 아버지의 금메달을 올림픽 금메달처럼 대우하지 않는다는 것이었다. 오히려 우리나라에는 기술 분야를 천대하는 분위기가 있어서 대한민국 최고의 기술자여도 사회에서 그닥 대접해주는 것 같지는 않았다. 아버지도 장남과 달리 인호 씨에게는 대학에 가서 공부해 다른 일을 하라고 권유했다.

전기를 전공한 그는 대학 졸업 후 서울에서 회사에 취직했다. 기술자로서 사회생활을 해보니 사회는 무서운 곳임을 알게 되었다. 선배들은 후배에게 절대 자신만의 기술을 알려주지 않았다. 혼자 끙끙대고 일하다 조언을 구하면 도움은 주지만 핵심 기술은 가르쳐주지 않는 분위기였다. 기술자로 자긍심을 가져 보려고 각종 자격증을 열 개 넘게 땄지만 학생 때 생각했던 꿈과 현실은 거리가 멀었다.

대개의 직장인들이 그렇듯, 꿈과 현실 사이에서 힘들어하며 진로를 고민하던 중 변화의 계기가 찾아왔다. 아버지 가게가 입점해 있던 홈플러스에서 구미에 지점을 열면서 이곳에도 입점을 제안한 것이다. 이 요구에 응하지 않을 수도 있었지만, 그럴 경우 그곳을 같은 업종의 다른 이에게 내줘야만 했다. 구미와 대구는 불과 20분 거리. 가까운 곳에서 다른 업체와 경쟁을 하게 될 수도 있었다. 결국 가족회의 끝에 대구점에서 시계 수리를 배우고 있던 인호 씨가 이곳을 맡아 독립하는 것으로 결론이 났다.

시계 수리 가족으로 30여 년, 인호 씨도 웬만한 시계 수리는 다 할 수 있었고, 2003년 시계 수리 기능사 자격을 취득했다. 2006년에는 전국 기능경기대회 시계 수리 부문에서 3위를 하며 기술력을 인정받았다. 아직 아버지와 형을 따라가려면 멀었지만 명장의 가족으로 부끄럽지 않은 자격은 갖춘 셈이라고 생각했다.

사실 인호 씨에겐 다른 재능이 있다. 그는 사업에 뛰어 들면서 제일 먼저 시계의 모든 것을 알 수 있는 홍보용 소책자를 만들었다. 사람들이 매일 사용하면서도 잘 알지 못하는 시계에 대한 기초 상식들을 수록했다. 고장 나서 수리를 맡긴 시계를 보면 주인이 시계에 대해 잘 알지 못하는 상태에서 취급 부주의로 망가진 경우가 90퍼센트 이상이다. 아무리 방수처리가 되어 있다 하더라도 생활 방수 정도이기 때문에 물에 넣으면 안된다거나, 큰 충격이 있었을 경우, 특히 자석에 닿으면 시계에겐 치명적이라는 점 같은 상식. 소비자들이 이런 점에 대해 잘 알고 시계를 소중하게 사용할 수 있도록 책자에 사용 안내를 넣었다.

대구. 용산. 시계수리공.

'기록을 보면 기원전 약 3000년 전에도 인간은 해의 그림자를 보고 시간을 측정하였다. 1500년 경 중세에 이르러 중력과 태엽을 이용한 기계 시계를 발명했다.'

'명품은 짧은 기간에 생겨나지 않는다. 쓰면 쓸수록 빛을 발하고 질리지 않는 물건이 명품이다. 명품은 명품답게 사용하여야 가치를 오래 느낄 수 있고 장기간 보존할 수 있다.'

'대부분의 명품 시계는 얇고, 무방수 시계가 많으며, 수분, 땀, 먼지 등 외부 환경의 영향을 받기 쉽고 충격에 약하다는 점을 인지하고 사용하여야 한다.'

홍보용 소책자에는 이렇게 시계의 기초 상식부터 손목시계의 종류와 작동 원리, 시계 수리가 필요할 때, 손목시계 전지 교체에 관한 것 등 일반인에게 유익한 정보들이 담겨 있다. 매장에 놓고 고객들에게 무료로 배포한 이 책자는 의외로 반응이 좋아서 우편으로 보내달라고 요청하는 이들도 많았다. 대구점과 새로 오픈한 구미점 홍보에 한몫했던 건 물론이다.

인호 씨는 인터넷 홈페이지와 블로그도 개설했다. 대구점에는 대한민국 명장이 있고, 이미 대구 경북 지역에서 수십 년 동안 쌓아온 명성도 있어서 별다른 홍보가 없어도 안정적인 운영을 보인다. 그러나 구미점은 상황이 달랐다. 명장의 가족이 한다고는 하지만, 명장이 상주하는 것도 아니고 대표로 있는 인호 씨가 너무 젊다보니 매장을 찾는 이들이 그다지 신뢰의 눈길을 보내지 않았다. 구미점에는 또 다른 마케팅이 필요하다 싶었다.

2006년부터 인호 씨는 개인 블로그를 통한 인터넷 마케팅을 펼쳤다. 효과는 상상 이상이었다. 전국에서 택배로 시계 수리를 의뢰하는 고객들의 주문이 밀려왔다. 경상도 지역은 물론이고 순천, 광양, 통영, 서울과 수도권에서도 수리 요청이 이어졌다. 당시만 해도 인터넷으로 시계 수리를 하는 곳이 없었기 때문에 1년에 2000건 이상의 주문이 들어왔다. 블로그 누적 방문객 수는 170만 명을 넘었고, 경쟁 업체들이 여럿 생긴 지금도 월 평균 100건 이상의 수리 주문을 택배로 받고 있다.

택배 주문은 꼭 명품 고급 시계 수리 요청만 있는 건 아니다. 대개 평범한 보통 시계들인데 고객들의 사연은 다양했다. 여기저기 맡겨보았는데 결국 수리가 안되더라, 포기하고 갖고 있었는데 고칠 수 있겠나, 대한민국 명장의 기술력이니 맡겨 보고 싶다. 가장 많은 사연은 주변에 아무리 찾아봐도 시계 수리점이 없더라는 것이었다.

수리를 부탁한 시계 중에는 물론 고가의 명품도 있다. 혹은 아주 오래되거나 우리나라에서 취급하지 않아 부품이 없는 시계들도 있다. 인호 씨는 고급 제품과 고치기 힘든 제품, 까다로운 기술력이 필요한 시계는 대구로 보낸다. 그곳에서 형과 아버지의 손을 거치

대구. 용산. 시계수리공.

면 제품 자체가 완전히 손상되었거나 부득이한 경우 말고는 대부분 복원이 가능하다. 특히 형 윤호 씨는 시계 자체에 약간 '미쳐있어서' 부품을 구할 수 없는 경우 본인이 부품을 직접 만들어서 수리를 하기도 한다. 이베이 같은 해외 판매 사이트를 뒤져서 비슷한 제품을 찾아내기도 하고, 본인이 사들인 책자에서 설계도를 참조해 어떻게든 고쳐내고야 마는 집요함을 가졌다.

동생 인호 씨는 종종 깜짝 놀란다고 했다. 설마 이건 수리가 안 되겠지 생각하고 보낸 시계도 마침내 수리해내는 걸 보고 혀를 내둘렀다. 시계를 구입했던 미국이나 유럽에서도 수리를 하지 못해 갖고 있던 걸 혹시나 하고 보냈던 고객은 말끔하게 수리한 시계를 돌려주었더니 고맙다고 거듭 인사를 하기도 했다. 이 정도면 아마도 형의 기술력은 세계에 내놓아도 빠지지 않는 것 아닌가, 동생은 자부심을 느끼고 있다.

지점이 다르고, 사업자가 다른 만큼 동생 인호 씨는 형님에게 계산을 깍듯이 한다. 형이 수리한 제품에 대해서는 수리비를 5대 5로 나누고 있다. 동생은 택배비와 기타 경비 등을 감당해야 하니 이렇게 나눌 경우 계산상으로는 손해지만 그게 좋다고 한다.

"그래도 저는 사장이고, 형은 월급쟁이잖아요. 아무래도 제 사정이 좀 더 낫겠죠?"

아이가 셋인 형에게 월급 외에 보너스 같은 부수입을 마련해 줄 수 있어서 기쁘다는 인호 씨 표정이 환하다. 물론, 명장 아버지와 형의 명성과 기술력이 있기에 자신이 운영하는 구미점의 매출과 신뢰도가 올라가니 엄밀히 따지면 전혀 손해나는 일이 아니라는 설명이다.

아버지가 된 아들 눈에 비친 아버지의 뒷모습

인호 씨도 형과 마찬가지로 아이가 셋인데 모두 아들이다. 딸만 셋인 형과, 아들만 셋인 동생. 그럴 생각은 아니었으나 첫째를 낳고 곧이어 갖게 된 아이가 쌍둥이로 태어나는 바람에 순식간에 세 아들의 아버지가 되었다.

아내는 서울에서 직장 생활을 할 때 만난 동료인데 인호 씨가 구미점을 맡기로 결정하자 백화점 매장에서 아르바이트를 하며 일을 배웠다. 매장 운영에 대한 경험을 쌓고 노하우를 습득하기 위해서였다. 결혼하면서 부부가 함께 매장에서 일하고 있는데 아이들이 줄줄이 태어나면서 아이들 양육을 장모님께 의지하고 있다.

"가장 큰 어려움은 시간이 없다는 거예요. 아직 아이들이 어리니까 옆에 함께 있어주고 싶고 가족들과 시간을 많이 보내고 싶은데 영업시간이 길고, 휴일이 없다 보니 아이들과 같이 보낼 시간을 내기가 어렵습니다."

대구. 용산. 시계수리공.

아버지와 형님, 가족 전체가 모이고 싶어도 마트마다 쉬는 날이 달라 모두 한자리에 모여 얼굴을 본다는 건 거의 불가능하다. 업무 때문에 대구와 구미를 자주 왕복하며 서로 일은 공유하지만 그건 업무적인 만남이고, 부모님과 형제들이 다 같이 함께하는 가족 모임은 갖기 어렵다. 그게 가장 힘든 점이라고 했다.

"아버님을 뵐 때면 마음이 찡합니다. 이제 연세도 많으시고 적당히 쉬면서 여가를 즐기실 때가 되었는데 쉴 틈 없이 매장에 나와 계시는 게 마음에 걸리죠."

대구점의 경우, 특히 아버지를 찾아 일부러 오는 손님들의 수가 많다. 복잡한 기술력을 요구하는 고급 명품 시계 수리가 매일 있는 것도 아니고 대개의 경우 사소한 잔고장이나 배터리 교체 등의 자질구레한 일인 게 현실. 아버지가 굳이 자리를 지키고 있지 않아도 형의 기술로 충분히 가능한 일이 대부분인데 아버지가 있느냐 없느냐 하는 게 매장 분위기에 큰 영향을 미친다. 아버지가 가능하면 매장을 꼭 지키고 있는 이유다. 동시에 감사한 이유이기도 하다. 명장이라는 아버지의 명성과 신뢰가 없었다면 아들들이 지금의 자리에 오르기가 쉽지 않았을 테니 말이다. 아버지는 아들들의 든든한 기둥이자 힘이고 너른 울타리이다.

"명장이라는 이름을 믿고 맡겼는데 제품 수리가 맘에 들지 않는다며 가끔 손님들이 아버지에게 불평을 할 때는 속이 상합니다."

머리가 하얀 아버지가 젊은 고객들에게 고개 숙이며 죄송하다는 인사를 해야 할 때 장남 윤호 씨는 송구한 마음을 어찌할 수가 없다. 자신이 잘못해서 아버지가 그런 무례를 감당해야 한다는 생각이 들기 때문이다.

아버지도 이제 늙으셨다. 시력이 나빠져서 외눈 돋보기를 끼고 일을 해야 하고, 하루 종일 작업대 앞에 웅크리고 앉아 일하다 보니 직업병으로 어깨와 팔목 통증을 피할 수가 없다. 기술과 경험은 최고의 경지에 달하지만 기술이란 결국 손이 움직여줘야 하는 법. 손이 머리를 따르지 못하면 일을 지속하기가 힘들다.

"다행히도 아직 건강합니다. 언제가 될지 모르지만 눈이 안 보이고 손이 굳어지면 일을 더 이상 할 수 없게 되겠지요. 그러나 그때까지는 아들과 함께 작업장을 지키고 싶습니다."

90세 가까운 나이에도 현역으로 자리를 지키는 선배 기능사의 모습을 보면서 정년퇴직 없는 평생 직업, 시계와 함께 살 수 있다는 게 얼마나 감사한지 모른다는 이희영 명장.

그가 마지막으로 품고 있는 꿈 하나는 시계에 관한 모든 것을 알 수 있는 '시계빌딩' 하나를 만드는 것이다. 사양산업이라고 더 이상 기술을 배우려는 이도 없고, 관심 갖는 젊은이들이 없는 시계수리 분야. 그러나 삶이 지속되는 한, 인간은 시간의 흐름에 몸을

대구. 용산. 시계수리공.

맡길 수밖에 없다. 그 신비한 시간의 흐름을 시, 분, 초로 잘라내어 질서를 유지하게 해주는 시계의 세계는 그리 쉽게 잊혀질 세계는 아닐 것이다. 우주의 흐름을 기계를 통해 잡아보려했던 사람들의 욕구가 만들어낸 시계, 그 모든 것을 한눈에 알 수 있는 전시장도 꾸미고, 너른 작업대를 만들어놓고 사람들과 체험도 할 수 있는 공간도 있었으면 싶다.

그 옆에 윤호 씨의 꿈이 더해졌다. 언젠가는 자신의 손으로 직접 시계를 만들어 보고픈 꿈이다. 10여 년 이상, 세계 유명 브랜드의 수많은 명품 시계들을 열어보고 만져보고 고쳐보았다. 이젠 나만의 시계를 만들어보고 싶다. 그러기 위해서는 각종 부품을 만드는 데 필요한 많은 장비들과 부속들이 필요하고, 그 장비들을 펼쳐놓고 일할 수 있는 작업장이 필요하다. 오롯이 나 혼자만의 힘으로 모든 걸 창조해낸, 나만의 시계를 완성해 아버지의 명장 타이틀 아래 나란히 놓아두고 싶다.

"이제 비로소 알 것 같습니다. 아버지를 뛰어넘고, 아버지 위에 올라서는 것이 아니라 아버지 옆에 비어 있는 자리를 채우는 그런 아들이 되어야 한다는 걸요."

"직업은 남들이 다 하는 걸 택하는 게 아니라 남들이 하지 않는 걸 선택해야 한다고 생각합니다. 한 가지 일을 선택했으면 끝까지 성실하게 그 길을 가는 것도 중요하다고 생각하고요. 무엇보다 기본에 충실해야 합니다. 살아가는 데 원칙이 있어야 하고 진실해야 합니다. 내 아들뿐 아니라 지금 젊은이들 모두에게 해주고 싶은 말입니다."

소년기의 작은 호기심과 열정이 평생의 삶을 이끌고, 은발의 노년에 이르기까지 성실하게 자신의 삶을 이끌어온 시계 명장 이희영. 그가 혼자 시작했던 일은 가업이 되어 두 아들에게 이어졌고, 그의 영향을 받아 조카도 같은 일을 하고 있다. 아직 결혼 전인 딸역시 모자란 일손을 돕기 위해 아버지와 오빠 곁에서 일하는데 집안 내력일까, 이 일이 재미있다고 한다. 욕심이 있다면 사위도 가업을 함께할 수 있는 이로 맞이했으면 싶다.

이희영 명장 가족을 만나고 나서 '부모'에 대해 많이 생각했다. 부모란 자식들에게 어떤 존재일까? 자식은 흔히 부모의 등을 보며 자란다고 한다. 백 마디의 말과 잔소리, 교훈과 꾸지람이 자녀를 성장시키는 것이 아니라 부모의 삶, 그 모습 자체가 자녀 성장의 밑거름이 된다는 말이겠다. 아버지와 아들이 함께 농사를 짓던 시절, 아들은 아버지를 따라 호미를 들었다. 새벽이면 일어나 논에 물을 주러 나가고 해가 질 때까지 허리 한 번 펼 참 없이 땅을 갈았고, 정직한 노동의 대가로 가족들의 입에 밥을 물리는 아버지처럼

대구. 용산. 시계수리공.

아들도 성장하여 아버지가 되면 가족들 입에 밥 들어가는 걸 생의 즐거움으로 살았다. 문득 뒤돌아 본 길, 저만치 뒤에서 내가 걸어온 길을 따라 묵묵히 걸어오는 아들의 발자국에 만족하며 아버지는 등에 진 짐을 내려놓았다. 아들에게 아버지의 등은 태산처럼 크고 무거웠을 것이다.

이희영 명장에게서 그런 아버지의 등을 느낀다. 아들들은 말없이 아버지의 걸음을 따랐고, 이제는 독립하여 가정을 이룬 가장이 되었지만 여전히 아버지는 태산처럼 크다. 아버지의 명성이 아들들에겐 그늘이나 짐이 아니라, 자랑이자 버팀목이다. 아버지라는 존재가 한없이 가벼워진 요즘, 한 가정의 가장으로서 자리를 지키고 있는 그 권위와 무게감이 나를 감동케 한다. 가업을 잇는 청년을 취재하는 자리였지만, 그곳에서 내가 본 것은 '아버지'였다. '부모'였다. 흔들림 없이 가정을 지키고 서 있는 위엄 있는 존재로서의 부모. 취재를 마치고 돌아서면서 부모로서의 나와, 이제는 청년이 되어버린 나의 아들을 생각한다. 나는 아들에게 어떤 뒷모습을 보여주고 있나, 나의 아들은 이들 두 형제들처럼 기꺼이 부모의 발걸음을 따라 올 수 있을까? 그리 한다면 대견하다 말해줄 수 있을 만큼 내가 걸어온 길은 곧고 바른 것이었나?

한 나무에서 가지를 뻗듯, 부모라는 거목 아래 가지들이 풍성해지고, 그 푸른 생명력들이 풍요로운 열매로 맺어질 때 건강한 가정이 되고, 사회를 풍요롭게 한다는 새삼스런 진리를 돌이켜 본다. 이 아름다운 대물림이 우리 사회에 얼마나 커다란 힘이 될진대, 그 걸 지켜가는 이들이 많지 않은 것에 아쉬움을 느낀다.

대구. 용산. 시계수리공.

"제 뒤를 이어 시계 일을 하고 있는 아들들에게
무엇보다 기본에 충실해야 한다고 말하곤 합니다.
오래 번창하려면 멀리 보고 진실하게,
기계 앞에서 정직하게 일해야 한다고요.
아들들이 기술과 전문성에서 최고의 자리에 이를 때까지
힘닿는 한 격려하고 지원할 생각입니다.
남들이 가지 않는 길을 선택해 준 아들들이
고맙고 대견합니다."

재주 많던 시골 소년에게 동네 시계점은 별천지와 같았다. 중학교 때부터 시계점 앞에 매달려 시간 가는 줄 몰랐고, 결국 고교 진학을 포기하고 시계점에서 일하기 시작했다. 21세 때 전국 최연소로 1급 기능사 자격시험에 합격했고 한눈팔지 않고 한 우물을 파온 그는 2001년, 대한민국 시계 명장이 되었다. 40여 년 외길 인생을 두 아들이 잇고 있는 게 가장 큰 보람이자 기쁨이다.

이희영(58세)
1대, 창업 37년
시계 전문점 스위스
대한민국 시계 명장

글 백창화

사진 이진하

—

충청북도. 충주. 장돌림

—

어머니. 임경옥.

아버지. 소창수

아들. 소성현.

"어머니는 저희들에게 남들 눈에
보잘것없어 보이는 하찮은 일을 하면서도
부끄러워하지 않는 법을 가르쳐 주셨습니다.
힘든 일이지만 가족은 물론, 어려운 사람들을
남모르게 챙기셨던 어머니를 생각하며
늘 그 뒤를 따르려고 노력합니다."

아들 소성현(31세)
2대, 가업 승계 13년
엄정 임경옥 족발 대표
장돌림

오일장에서 자신의 이름을 걸고 족발을 만들어 팔던 어머니 임경옥 씨. 아들은 중학생 때부터 부모님의 장사를 도우며 장터에서 삶을 배우고 깊어졌다. 직접 개발한 족발 조리법과 맛, 친절함으로 사람들에게 인정받으며 경제적으로도 조금씩 안정을 찾아갈 때쯤 어머니가 뇌출혈로 쓰러져 돌아가시고, 그 후 사업을 물려받아 6년째 운영하고 있다. 맛도 서비스도 업그레이드해 족발 프랜차이즈로 사업을 키우고, 그와 함께 어려운 사람들을 위한 봉사활동도 더 키워가고 싶은 꿈을 품고 있다.

충청북도. 충주. 장돌림.

임경옥족발짱!

충청북도. 충주. 장돌림.

충청북도. 충주. 장돌림.

충청북도. 충주. 장돌림.

시골 장터에서 삶을 배우고
꿈을 키운 족발 청년 삼 형제

충북 충주시에 집과 사업장을 두고 있는 '엄정 임경옥 족발' 대표 소성현 사장. 그는 매일 아침 출근지가 다르다. 1일에는 경기도 평택 안중, 2일에는 강원도 원주, 3일은 다시 평택, 4일이면 쉬고 5일은 충주, 6일이면 안중으로 돌아가 원주와 충주, 평택을 날짜대로 따라간다. 평범한 직장인이라면 대개 월요일부터 금요일까지 한곳에서 일하며 토요일과 일요일은 쉴 것이다. 자영업, 혹은 서비스업에 종사하는 이라면 다른 이들이 쉬는 주말에 바쁘게 일할 것이다. 그러나 소성현 씨의 업무 일정은 조금 다르다. 매달 날짜의 뒷자리가 0, 1, 2, 3으로 끝나는 날에는 일을 하고 4일에는 쉰다. 5, 6, 7, 8일은 일하고 9일에 다시 쉰다. 1일부터 10일까지 이런 패턴으로 반복되는 그의 일상. 그에게 중요한 건 요일이 아니라 날짜다. 전국의 오일장을 돌아다니며 장사를 하기 때문이다. 충청북도 충주시, 사업장이 있는 곳으로 돌아오면 엄연히 두 개의 가게와 한 개의 공장을 갖고 있는 '엄정 임경옥 족발'의 대표지만 그의 삶의 현장은 시골 소도시 장터. 그는 소설 '메밀꽃 필 무렵'에 나오는 허

생원이며 동이 같은 이들의 맥을 잇고 있는 현대판 장돌림이다.

조선시대 전국 1000여 개가 넘는 장터를 떠돌아다니며 서민 경제의 흐름을 좌우했던 장돌림들. '메밀꽃이 피어날 무렵 타박타박 나귀를 타고 장을 따라 사랑 따라서 오늘도 떠나가는'^{장사익의 노래 '장돌뱅이'} 인생. 산천을 떠돌며 삶을 팔고, 사랑을 찾고, 초저녁 별이 반짝이는 텅 빈 장거리에서 하루를 마감하는 삶이 그들의 것이다.

21세기가 된 지금, 백화점과 대형 할인매장, 슈퍼마켓에서 편의점까지 유통이 대형화되면서 이들 장돌림들의 삶의 터전인 재래시장과 오일장은 설 자리를 잃어가고 있다. 전국에 아직도 1000여 개의 오일장이 남아 있다곤 하나 장터를 지키고 앉아 있는 상인들의 주머니는 날로 얇아지고 있는 것도 현실이다. 그러나 청년 소성현 씨는 경제적 가치가 점점 약화되어 가고 있는 장터를 떠나지 못한다. 아니, 떠나지 않고 더욱 굳건히 자리를 지키고 있다. 열 살 이후 지금까지 그에게 장터는 삶을 배우고, 일을 배우고 꿈을 가꿔온 체험 삶의 현장 그 자체인 까닭이다. 그에게 시장은 곧 삶이다.

장터에서 찾은 희망

"제가 초등학교 3학년 때 아버지께서 하시던 일이 완전히 망해서 가족이 돈 한 푼 없이 고향인 충주 땅으로 내려왔습니다. 빈집 하

충청북도. 충주. 장돌림.

나를 얻어 거기서 살았는데 아버지는 모든 희망을 잃어버리고 매일 술만 드셨던 기억이 나요. 하는 수 없이 어머니가 식당일도 하시고, 과수원 일도 도우시면서 가족들 생계를 잇다가 이웃의 도움으로 장터에서 노점상을 시작하게 되었습니다."

실의에 빠진 아버지는 아무 말이 없고, 어머니가 하루라도 일을 거르면 그야말로 온 가족이 끼니를 굶을 수밖에 없는 절대 가난의 현실이었다. 일이 있으면 먹고, 없으면 굶는 일용직 노동을 거쳐 어머니가 노점상이나마 장터에 자리를 잡게 된 것이 가족에겐 큰 기쁨이었다.

그러나 아버지 소창수 씨는 처음엔 장터에 나가지 않겠다고 완강히 버텼다. 시골 바닥까지 밀려와 노점에서 장사를 한다는 것이 체면 상하고 몹시 부끄러웠기 때문이다. 차라리 가족이 다 함께 죽어버리는 편이 낫지 않을까, 술을 먹고는 해서는 안될 생각도 많이 했다고 한다. 그런 남편을 아내가 일으켜 세웠다. 이곳에서 자리를 잡지 않고 다시 도시로 가서 떠돌이 생활을 한다면 더 이상 함께 못 산다고, 아이들 모두 두고 집을 나가겠다고 엄포를 놓았다. 그러나 당신이 정신 차리고 살려고만 한다면 난 이곳에서 뭐라도 해서 가족을 지킬 것이라고 했다. 이내의 의지는 단호했고 소창수 씨는 하는 수 없이 아내를 따라 장터에 나가기 시작했다. 그러길 하루 이틀, 쌀은커녕 라면조차 없어 끼니 거르기를 밥 먹듯 하는 날이 점점 줄어들고 한겨울에도 연탄 걱정 없이 따뜻한 방 안에서 다섯 식구가 제대로 된 밥상에 둘러앉아 밥을 먹는 나날이 지속되자 부끄러움은 저 멀리 사라졌고 새 생활에 대한 희망이 샘솟았다.

소창수 씨 가족과 장터의 인연은 이렇게 새로운 인생에 대한 희망과 함께 시작되었다. 부모님의 새로운 시작은 초등학생이던 큰 아들 성현 씨에게도 기쁨이었다. 적어도 밥 때문에 울지는 않아도 되었기 때문이다. 중학교 시절부터 휴일이나 방학 때면 성현 씨는 부모님을 따라 장터로 나갔다. 부모님의 고생을 조금이라도 덜어 드리고 싶었다. 어린 아들은 엄마 옆에 앉아 잔돈을 바꿔주기도 하고, 대신 자리를 지키기도 하고, 물건을 찾아주기도 하면서 자연스럽게 어린 상인이 되었다.

"어린 마음에 무조건 어머니를 도와야겠다는 생각뿐이었어요. 가족들을 먹여 살리느라고 어머니가 얼마나 힘들게 사셨는지 보아왔고 가난도 너무 힘들었습니다."

군데군데 벽이 무너져내린 시골 흙집은 참담했고, 한겨울 이른 새벽에 일어나 연탄을 가는 일이 죽기보다 싫었다. 그래도 어머니는 한번도 힘든 내색 없이 가족들을 먹여 살리는 데 최선을 다했다. 그런 어머니 보기가 미안하고 죄송스러웠다. 아래로 동생이 둘이나 있는 삼형제의 맏이라는 점도 책임감을 북돋았다. 돌아보고

충청북도. 충주. 장돌림.

싫지 않을 만큼 힘들고 어려웠던 그 시절 온 가족이 하루 세 끼 밥 걱정 하지 않게 해준 곳, 더 이상 아버지의 시름 젖은 술주정을 보지 않게 해준 곳, 장터는 어린 그에게 충만한 삶의 표상이 되었다.

처음엔 장터에 고정된 자리가 없이 단순 노점상이던 것이 햇수를 거듭하면서 자리를 배정받을 수 있었다. 품목도 여러 번 바꾸었다. 주변 사람들의 권유에 따라 속옷 장사로 시작했으나 중국산이 밀려들어 오면서 경쟁력이 떨어지자 다른 품목으로 바꾸길 수차례. 남들이 침범할 수 없는 나만의 전문 영역이 있어야겠다고 맘먹은 어머니는 그때부터 족발 사업을 계획하기 시작했다.

장터에 선 열여섯 어린 아들

어머니는 장터를 찾는 사람이면 누구나 좋아하는 족발을 한번 만들어 팔아보자고 마음먹었으나 누구에게 기술을 전수받은 것도 아니었고, 이전에 족발 장사 경험이 있는 것도 아니었다. 어머니 혼자 연구를 거듭하고 주변 식당들에 물어보면서 맛있는 족발 레시피를 찾아 나갔다. 처음에는 장사가 신통치 않았다. 그러나 시간이 지날수록 조리법은 발전했고 찾는 손님들도 늘어갔으며 드디어 어떤 유명 족발집과 비교해도 가격 대비 품질이 떨어지지 않는다는 자신감이 생겼다. 가게를 찾는 손님들이 그것을 증명했다. 순전히 어머니가 몇 년간의 시간을 두고 연구를 거듭해 개발한 족발은 한 방 재료를 사용해 누린내를 없애고 영양을 높인 것이 특징이었다. 이런 성과에 힘입어 드디어 성현 씨가 고등학교 3학년이던 지난 2000년, '엄정 임경옥 족발'이라는 상호를 내걸고 본격적으로 족발 장사를 시작했다. 임경옥은 어머니 이름. 본인의 이름을 전면에 내세울 만큼 조리법과 맛에 자신이 있었고 소비자들에게 부끄럽지 않은 족발을 선보인다는 자부심이 있었다. 장터를 떠돈 지 10년 만에 비로소 남의 눈치 보지 않아도 되는 나만의 전문 영역을 확보한 것이다.

소성현 씨는 이제 서른이 갓 넘은 청년이다. 그가 나고 자랐던 80~90년대는 한국 경제가 가장 풍요롭고 흥청대던 시기. 과열된 소비가 정점에 달하고 모두가 들떠있던 흥분과 자유의 시대였다. 그러나 성현 씨의 입을 통해 듣는 그의 청소년기는 홀로 60년대에 떨어져 있는 듯, 상상하기 힘든 절박한 생존의 시대였다.

십 대 청소년 시기를 장터를 떠돌며 보냈다는 건 어떤 의미일까? 뜻밖의 대답이 돌아왔다. 장사하는 게 재미있었다고 한다. 장에서 사람들을 만나고, 물건을 팔고, 노력한 만큼 현금을 만질 수 있다는 게 좋았다. 그 시기에 어머니와 참 많은 대화를 했다. 아침부터 밤까지 하루 종일 장터에서 함께 있으니 고단한 삶을 진하게

충청북도. 충주. 장돌림.

공유했고 이런저런 이야기를 나누며 일찍 철이 들었다. 중학교 3학년부터 고등학교 3학년까지 3년 동안 어린 아들은 어머니를 따라 장터를 돌며 물건을 사고파는 가운데 사람의 마음을 사는 마케팅의 기본을 자연스레 터득했다.

"저는 어머니에게서 많은 것을 물려받고 영향도 많이 받은 것 같아요. 어릴 때부터 항상 어머니와 함께 생활하면서 나도 모르게 어머니를 닮아갔습니다. 어머니는 족발 조리법도 혼자 터득하셨지만 무엇보다 사람들 상대하는 법을 아셨던 분입니다. 손님들과 항상 편안하게 대화를 나누었고 다니는 장터마다 단골손님들도 많았어요. 요즘도 장에 나가면 어머니는 안 오셨냐며 찾는 분들이 있을 정도로 사람들에게 친밀감을 주는 분이셨습니다."

어머니는 늘 장터를 좋아하셨다. 사는 일에 지쳐 힘이 들고 어려울 때 마음을 비우고 다른 이들이 열심히 살아가는 모습을 보노라면 절로 새 희망이 생겨나는 곳이 장터라고 했다. 어린아이부터 노인까지 온 가족이 애환을 나누는, 정이 살아있고 생동감이 넘치는 장터에서 하루를 지내고 삶을 배우면 그것이 바로 진짜 인생이라고 했다. 오늘은 충주, 내일은 원주, 징칙하지 못하고 이리저리 떠돌아다니지만 전국 어디든 장터는 그 자체로 장돌림들의 마음의 고향이며 그곳에 있어야 비로소 몸과 맘이 편안해진다는 것이 어머니 말씀이었다. 힘든 하루 일을 마감하고 저녁이면 집에 들어와 소주 한 병을 비워야 비로소 잠이 드는 어머니의 고된 일상은 아들들에겐 한없는 애틋함이면서 또한 자랑스러움이었다.

성현 씨는 어머니를 따라 자신도 장터에서 젊은 인생을 시작하리라 마음먹었다. 어머니는 반대하지 않았다. 어머니의 족발은 소성현 씨가 맘을 굳히는 데 결정적인 계기가 되어주었다. 품목이 좋았고, 장터에서 반응도 좋아 장사가 잘되었기 때문에 어머니를 도와 사업을 확장시켜 봐야겠다는 결심을 하기가 수월했다.

그러나 아버지는 격렬하게 반대했다. 장돌림이 되려면 부자의 인연을 끊자 했다.

"모든 부모의 소망이 뭡니까? 이렇게 고생하는 이유는 다 자식들에겐 이런 가난과 멸시를 대물림하지 않기 위해서지요. 우리는 비록 이리 살아도 저희들만큼은 대학을 졸업하고 넥타이 매고 펜대 굴리는 직업을 가졌으면 하는 간절한 바람이 있어서인데, 아들놈이 어릴 때부터 부모 잘못 만나 장터를 떠돌아다닌 것만도 가슴 아프건만, 하물며 이 직업을 이어받겠다니요. 말도 안되는 얘기 아닙니까."

소창수 씨는 고등학교를 졸업하고 장터에 나가겠다는 아들의 뜻에 강하게 반대를 했다.

충청북도. 충주. 장돌림.

"장터라는 곳이 사실 거칠고 험합니다. 하루 종일 장바닥에 나와 앉아 물건을 파는 것도 힘들지만 그 나름대로 질서가 있어서 파고 들어가기도 쉽지 않고, 때때로 갈등도 많아요. 험한 말이 오갈 때도 종종 있고요. 내 자식들이 이런 바닥에 들어오는 걸 원치 않았습니다."

또 한 번의 시련

아버지 소창수 씨는 항상 가족들에게 미안한 마음을 안고 살았다. 가족들을 모두 데리고 거지꼴이나 다름없이 고향을 찾아 왔을 때 그에게 희망이라고는 없었다. 아마도 강인한 아내가 없었다면 그 시절을 견뎌내지 못했을 것이다. 다 못 배우고, 힘없는 까닭이라 생각했다. 형편 때문에 어쩔 수 없이 아이들을 데리고 장터에 나가야 했을 때도 그는 하루라도 빨리 돈을 벌어 아이들을 이 바닥에서 내보내겠다는 마음뿐이었다.

오늘은 이곳, 내일은 저곳, 부초처럼 산하를 떠돌아다니는 장돌림의 삶에 소창수 씨는 애환이 많았다. 아들들만큼은 공부를 많이 해서 번듯한 직업을 갖고 평범하게 살아가길 바랐다.

결국 아버지 고집을 꺾지 못하고 성현 씨는 대학에 진학했다. 장사를 하겠다는 꿈을 접은 것은 아니었으나 대학을 가는 게 꼭 불필요한 낭비는 아니라고 생각했기 때문이다. 아버지 말씀처럼 인생이란 나중에 어찌 될지 모르니 비록 지금은 대학 졸업장이 필요 없다 하더라도 혹여 나중에는 필요하게 될지 모를 터였다.

아버지의 반대에도 일리가 있다는 걸 그는 잘 알았다. 장돌림이란 것이 예나 지금이나 귀히 여겨지는 직업이 아닌 것은 틀림없었고 단순히 장터에서 생을 마감할 것이 아니라 더 큰 사업을 펼치기 위한 시작점이라고 본다면 대학과 사회 경험을 쌓는 것이 좋겠다 싶었다. 나중에라도 남들이 생각하기에 공부도 못하고 할 일이 없으니 부모 따라 장사나 한다는 편견을 갖지 않았으면 했다. 그는 충북대학교 국문과에 진학했고 경영학을 복수 전공했다.

물론 대학에 다니면서도 주말과 방학 때는 여전히 장터에 나갔다. 학기 중에는 아르바이트로 꽉 찬 시간을 보냈다. 아르바이트도 신중하게 골랐다. 피자집이나 편의점 등 나중에 내 사업을 했을 때 도움이 될만한 곳을 선택했다. 외식사업 시스템이 어떻게 돌아가는지 틈틈이 봐두고 싶었고, 고객 응대와 물건을 진열하고 판매하는 법 등 아르바이트 현장은 그에게 경영학 실습 시간이었다.

2005년, 어머니가 드디어 가족들이 살던 충주시 엄정면에 족발 가게를 열었다. 새로운 창업이자 감격의 순간이 아닐 수 없었다. 수중에 단돈 5000원만 쥐고 내몰리듯 찾아온 고향, 버려진 폐가에

충청북도. 충주. 장돌림.

서 철저하게 맨손으로 시작하여 이제 그곳에 내 집을 마련하고 내 사업체를 열었으니 실로 온 가족이 함께 겪었던 그간의 고단함이 일시에 가시는 듯했다. 가족들은 새 희망에 부풀었고 어머니의 오랜 고생이 드디어 끝나고 이제 좀 편하게 사실 수 있게 되었다며 모두들 기뻐했다.

한창 사업이 잘되어갈 무렵, 어머니가 쓰러졌다. 뇌출혈이었다. 처음엔 수술이 성공적이라 해서 금세 일어날 줄 알았다. 그런데 원인을 알 수 없는 2차 감염으로 갑작스럽게 병이 악화되더니 쓰러진 지 한 달 만에 세상을 떠났다.

결국 큰아들 성현 씨는 어머니의 뒤를 이어 족발 사업을 맡게 되었다. 벌여놓은 일들을 수습해야 했기에 아버지 소창수 씨도 더 이상 반대할 수가 없었다. 사업을 확장하느라 대출 받은 빚도 많고, 장사가 잘된다고는 하지만 큰 자본을 갖고 넉넉하게 시작한 일이 아니니 만큼 이제 겨우 걸음마를 떼는 형국인데 여기서 중단하면 옛날의 가난으로 다시 돌아갈 것이 뻔했다.

"과연 아내가 벌여놓은 이 사업이 유지될 수 있을까 걱정이 컸지요. 군대를 다녀와 대학까지 졸업한 아들이 장터에 뛰어드는 걸 반대할 처지도 아니었고 내가 도울 수 있는 건 다 도와서 사업을 살려야 했습니다."

소창수 씨는 아내 없는 '임경옥 족발'에 대해 반신반의했다. 아들들이 장터에 들어오는 것도 마땅치 않았다. 하지만 결국 큰아들의 뜻을 꺾지는 못했다. 일한 만큼 정직하게 수익이 돌아오고, 열심히 하면 월급쟁이보다 더 큰돈을 벌 수 있어, 아무 것도 가진 것 없는 우리 가족이 남들만큼 살려면 가장 빠른 길은 내 사업을 하는 것이라는 아들의 말이 다 맞았다. 무엇보다 일이 적성에 맞고 재미있다는데 더 할 말이 없었다. 아들을 향한 자신의 염려가 모두 기우였음을 알게 되기까지 오래 걸리지 않았다. 성현 씨는 어느새 익혔는지 아내의 족발 조리법을 거의 습득하고 있었고, 장터 운영에도 훤했다.

장터거리의 명물 '학사 노점상'

함께 장터를 다니면서 지켜본 아들은 아버지 보기에 참으로 장했다. 장터를 오가는 시골 어른들과 나이에 어울리지 않게 편안하게 말을 잘 섞었다. 어르신들의 살아온 이야기도 들어드리면서, 옳거니 맞장구도 치면서, 아들처럼 손주처럼 그들과 편안히 섞이는 것을 보고 있으면 장사가 천직이라는 생각이 들었다.

아버지는 그동안의 인맥과 경험을 활용해 장터마다 비집고 들어가 자리를 만들어 주었다. 험한 일은 본인이 떠맡고 아들은 맘 편

충청북도. 충주. 장돌림.

히 장사에만 전념할 수 있도록 했다. 처음엔 늘 아들이 가는 장에 함께 다니며 옆에 나란히 판을 벌였지만 지금은 모든 장터에 함께 나가지는 않는다. 족발 사업은 애초부터 아내와 아들이 했던 것이라 자신은 관여하지 않고 장터에서 잡화를 취급하는 가게를 따로 꾸리고 있다.

경영학을 공부한 젊은 사업가답게 아들은 장터에서 새로운 마케팅을 선보였다. 이른바 쿠폰제의 도입이었다. 5일마다 서는 장터에서 쿠폰제를 실시한다는 게 말이 되나 싶었는데 의외로 사람들의 반응이 뜨거웠다. 장터라는 곳이 대개 단골들이 드나드는 곳이다 보니 알뜰하게 쿠폰을 모아 챙겼다가 갖고 오는 이들이 많았다. 쿠폰을 다 모으면 할인 혜택을 주거나 서비스를 주니 시골 노인들이 쿠폰 모으는 재미에 일부러 찾아올 만큼 효과가 컸다.

게다가 성현 씨에겐 사람 마음을 얻는 재주도 있다. 장사를 위해 애써 친절하려 노력하는 것이 아니라 성현 씨 본인이 어르신들을 상대하는 게 맘이 편하다고 했다. 장터를 찾는 어르신들은 자식 얘기, 마을 얘기하는 것을 좋아한다. 대개 60~70대 이상 된 노인 고객들에게 도시에 사는 자식들 안부도 묻고 건강도 염려하며 다정하게 말벗을 해주는 젊은 청년이 곱게 보이지 않을 이유가 없다. 어르신들은 어느새 단골이 되었고, 족발을 사지 않더라도 일부러 가게를 찾아 말을 섞는 것이 일상이 되었다. 그렇게 젊은 사장은 장터거리에 명물이 되어갔다.

장터에서 소성현 씨는 '학사 노점상'으로 불린다. 장터에 젊은 장사꾼이 적을뿐더러, 도시 청년처럼 매끈하게 생긴 젊은이가 대학을 졸업하고도 좋은 직장을 찾아가지 않고 어머니가 하던 장사를 물려받은 모습을 보고 동료 상인들 뿐 아니라 시골 주민들도 관심과 격려를 보내고 있다.

엄정 임경옥 족발의 대표로서 소성현 씨가 책임져야 할 일도 많았다. 어머니가 남긴 가게도 운영해야 했고, 다니던 장터도 빠트릴 수 없었다. 그동안 쌓아왔던 경험을 토대로 이제 본격적으로 사업을 확장해 나가야 하는데 가장 중요한 파트너의 자리가 비었다. 두 살 터울이던 동생 소나무 씨에게 도움을 요청했다. 어머니의 빈자리를 대신 맡아달라고 했다. 동생은 장터에도, 족발 사업에도 뜻이 없었지만 가족의 어려움을 모른 체 할 수 없었다. 막내 동생 역시 사업 파트너가 되었다.

형들과 나이 차이가 많이 나는 스물넷의 막내 소영웅 씨는 큰형과 닮았다. 어렸을 때부터 장터를 놀이터 삼아 놀았고 그게 재미있었다. 이왕이면 족발 사업에 필요한 부분을 맡아주었으면 해서 가족끼리 상의를 거쳐 대학은 조리과에 진학했다. 학교를 졸업한 지금 막내는 큰형과 함께 메뉴와 소스 개발을 맡고 있다. 어머니가 오랜 시행착오 끝에 완성한 임경옥 족발만의 독특한 조리법을 조금씩 다듬어가며 소비자들의 입맛을 사로잡을 준비를 하고 있다. 어머니가 처음 시작한 일, 지금 어머니는 없지만 든든한 아들 삼 형제가 전국의 오일장을 뛰어다니며 외식 사업의 첫발을 한 발 한 발 디뎌가고 있다. 족발 청년 삼 형제의 사업 분투기가 막 시작된 것이다.

또 하나의 유산, 나눔의 마음

소성현 씨가 지금 운영하고 있는 엄정 임경옥 족발의 본점은 충주시 엄정면에 있다. 본래 가족들이 살던 곳이다. 그곳에 작업장이 있다. 실어온 족발들을 이곳에서 받아 털을 뽑고 각종 약재를 넣어 삶고 조리해서 포장한다. 둘째 소나무 씨는 충주 시내에 가게를 열어 그곳을 지키고 있다. 테이블은 네 개 정도, 홀은 넓지 않고 배달 중심으로 운영하는 가게다. 이곳에서 조리학과를 졸업한 막내 영웅 씨가 형들을 도와 각종 소스와 부식들을 개발하는 일을 하고 있다. 아직은 솜씨가 부족하지만 조리학과를 졸업하고 호텔이나 식당에서 일하는 학교 선배들이 많은 도움이 된다고 한다. 새로운 소스를 만들어내는 노하우를 알려주기도 하고, 손님들의 까다로운 입맛을 맞추는 데 성공한 다양한 요리 비법도 전수해준다고.

이들 의좋은 삼 형제는 한 번도 다투거나 싸우는 일이 없다고 한다. 사실, 첫째 성현 씨와 둘째 나무 씨는 돌아가신 어머니의 친자가 아니다. 성현 씨가 여덟 살, 나무 씨가 여섯 살이던 무렵 새로 들어오신 어머니는 막내 영웅 씨만 직접 낳았을 뿐이다. 그러나 한 번도 위의 두 형제를 차별한 적이 없다. 오히려 내 속으로 낳은 막내에게 더 엄하고, 형들이 입던 옷을 모두 물려 입혔으며 막내가 투덜댈 때면 가차 없이 야단을 쳤다고 한다. 오히려 야단맞는 동생을 위로하고 보호해주던 이들이 두 형이다. 그래서인지 지금도 막내 영웅 씨에게 두 형은 아버지와 어머니를 대신할 만큼 믿음직한 보호자요, 세상에서 가장 따뜻한 내 편이다. 가족들이 함께 일하니 무엇보다 마음이 잘 맞고 함께 일하는 사람들끼리의 갈등 때문에 고민할 일이 없어서 좋다고 삼 형제는 말한다.

"형을 보면 늘 안쓰럽다는 생각이 듭니다. 어찌 보면 장남이라는 이유로 자신을 희생하고 사업 걱정, 가족 걱정을 두 어깨에 혼자서 짊어진 무거운 삶이잖아요. 그런 형에게 조금이라도 도움이 되고 싶어서 함께 일하고 있습니다."

둘째 소나무 씨는 장차 사업이 안정되고 나면 그때 비로소 자신이 하고 싶었던 또 다른 일을 찾아 나서고 싶은 꿈이 있다. 하지만 형의 어깨에 메고 있는 짐이 모두 떨어져나가 홀가분해졌을 때, 그

충청북도. 충주. 장돌림.

때까지는 형을 도와 최선을 다할 작정이다.

밖으로도, 또 실제로도 업체의 대표 사장인 큰아들 성현 씨는 동생들에게 월급을 주고 있다. 더불어 월급 외에 따로 또 두 동생 앞으로 적금을 부어 챙긴다. 회계 관리는 오롯이 성현 씨의 몫이다. 아버지 소창수 씨는 자신을 위해서는 단돈 천 원도 아까워하며 잘 쓰지 않는 큰아들이 동생들과 가족을 위해서는 아낌없이 저축하며 챙기는 모습을 보면 안타깝기도 하고 기특하기도 하다.

지출 액수만 보면 이들 가족의 씀씀이는 사실 엄청나게 헤프다. 바로 지역의 어려운 이웃들을 위해 기꺼이 내어놓는 봉사활동 비용 때문이다. 이들은 지역 사회에 숨은 천사의 역할을 하고 있다. 형편이 어려운 엄정면 시골 학생들에게는 고등학교를 졸업할 때까지 매달 장학금을 주고 있다. 이것은 어머니가 2005년에 족발 가게를 열면서 처음 시작한 일이다. 아이들이 어렸을 때 적은 학비조차 대기 힘들어 고개를 숙여야 했던 가난한 부모의 마음을 너무나 잘 알기에 똑같은 어려움을 겪고 있는 이들에게 도움이 되고 싶었기 때문이다. 그런 어머니 마음을 또 아들은 잘 알기에 어머니가 돌아가신 뒤에도 그만두지 않고 어머니 이름을 딴 '임경옥 장학금'을 계속 지급하고 있다.

아버지 소창수 씨는 '충주사랑'이라는 봉사단체를 만들어 7년째 지역 어르신들을 위해 경로잔치를 열고 있다. 3개월에 한 번씩 족발을 가득 싸들고 노인정이나 양로원을 찾아가 어르신들을 대접한다. 연예인들도 섭외해서 노인들을 위한 공연도 함께하고 족발 외에 다른 음식들도 준비하기 때문에 들어가는 경비가 제법 크다. 그 경비를 혼자 다 감당할 수 없기에 후원인을 모집하고, 적으나마 모인 후원금을 보태 잔치를 열고 있다. 복지시설을 방문해서 식사를 제공하고, 공연을 선보이기도 한다. 얼마 전 영화 〈글러브〉로 제작되어 유명해진 청각장애인 야구단인 성심학교 야구부에도 한 달에 한 번 족발을 들고 찾아가고 있다.

이 가족이 이런저런 봉사활동으로 쓰는 돈은 거의 한 사람 몫의 임금에 달하는 금액이라고 한다. 그게 벌써 7년째다. 지금은 번듯한 가게를 열고, 사업을 확장하고 있다고는 하지만 여기저기 대출금도 많고 갚아야 할 빚도 많은 이들 가족에게 결코 적은 돈이 아니다. 남들 같으면 모두 자신들을 위해 썼을 이 많은 비용을 이들은 왜 어려운 이웃들을 위해 쓰고 있을까?

"먼저 간 아내의 뜻입니다. 우리가 워낙 고생을 많이 하고 어렵게 살았잖아요. 오늘 이렇게 잘 살게 되기까지 많은 이웃들의 진심어린 위로와 격려, 돈 만 원의 부조가 큰 힘이 되었습니다. 어려운 시절을 겪었기에 어려운 이들의 맘을 알고 그들에게 필요한 게 큰

충청북도. 충주. 장돌림.

돈이 아니라 작은 관심과 따뜻한 사랑이라는 걸 우리는 누구보다 잘 압니다. 그래서 내 손으로 돈을 버는 동안은 그들과 함께 나누는 걸 멈추지 않을 겁니다."

지역 사회 봉사활동에 대한 의지만큼은 소창수 씨가 아들들보다 더 크고 확고한 마음이다. 봉사활동에 소요되는 비용의 대부분을 대고 있는 사장 소성현 씨는 가끔 이렇게까지 해야 하나 생각하기도 했었다고. 그러나 자신이 조금만 노력하면 더 많은 이웃들에게 행복을 선사할 수 있다고 생각하자 나눔이 주는 기쁨과 보람을 포기할 수가 없었고 지금은 이미 빼놓을 수 없는 일상이 되어 버렸다고 말한다.

함께 꾸는 꿈, 그리고 소성현 도서관

"어머니는 저희들에게 남들 눈에 보잘것없어 보이는 하찮은 일을 하면서도 부끄러워하지 않는 법을 가르쳐 주셨습니다. 가끔 친구들이 말하죠. 나 같으면 시골 장터에서 그렇게 장사를 하지는 못할 것 같은데 너는 참 대단하다고요. 대기업을 다니는 친구들은 한번씩 찾아와서 하소연도 해요. 너는 좋겠다고, 당장이라도 직장을 때려치우고 너처럼 장사나 할까 하고요. 그러면 저는 절대 직장을 그만두지 말라고 하죠."

소성현 씨는 한 번도 장터 인생을 부끄러워하거나 민망해한 적은 없다고 했다. 이 일이 결코 쉬운 일이 아니라는 것도 안다.

막내 동생 영웅 씨가 처음 장에 나온 건 청소년 시절. 어머니가 "족발 사세요"라고 한 번 외쳐보라고 했을 때 부끄러워서 하루 종일 한마디 말도 못하고 쭈뼛거리며 서 있던 게 아직도 눈에 선하다. 그러나 영웅 씨는 그날부터 휴일이면 항상 장터에 함께 나왔다. 어머니가, 아직 어린 형이, 장터에서 만나는 이들과 함박웃음을 나누며 삶을 나누던 모습이 무척 좋아보였기 때문이다. 소박한 몸짓, 소탈한 웃음이지만 가족을 위해 적극적으로 움직이던 그 모습이 영웅 씨에겐 삶의 표본이 되었고 이제 자신도 그렇게 살려고 한다. 영웅 씨 역시 형처럼 친구들에게 때론 부러움의 대상이다. 이른 나이에 자신의 영역을 개척해 거대한 조직 속의 톱니바퀴로 휘둘리지 않고 자기만의 삶을 살고 있다는 점을 친구들이나 선배들은 부러워한다. 하지만 누구도 선뜻 이 생활을 자신의 것으로 받아들이지 못한다는 점도 안다. 그래서 사람은 다 다르고, 사람은 누구에게나 자신의 몫이라는 게 있다는 것을 이 형제들은 안다.

이제 혼기가 차 결혼 생각을 하지 않을 수가 없는 성현 씨에게 안타까움은 하나다. 젊은 여자들 대부분은 시장에서 장사를 하는 자신의 직업에 대해 편견을 갖고 있다는 점. 내실을 떠나 직함이

충청북도. 충주. 장돌림.

중요한, 그래서 일개 시장 상인 보다는 사업가 직함 정도를 가져야 비로소 신랑감으로서 점수가 올라가는 현실이 안타깝다. 그러나 이런저런 사회의 편견이나 직함을 다 떼고서 인간 소성현의 진정성을 사랑해줄 수 있는 그런 여자도 어딘가에 반드시 있을 거라는 희망을 버리지 않고 있다.

"어머니 돌아가시고 사업을 다 맡으면서 5년 정도를 계획했습니다. 5년이면 어느 정도 사업을 안정시키고 기반을 잡지 않을까 했는데 지금 보니 한 2년 정도 시간이 더 필요한 것 같네요."

소성현 씨는 엄정에 제대로 된 규모의 번듯한 냉동 창고를 짓고, 형제들이 각각 자기 가정을 꾸릴 수 있는 집을 한 칸씩 장만하고, 마지막엔 임경옥 족발이 입점해있는 빌딩 하나를 갖는 게 꿈이라고 한다.

그의 꿈에는 달린 식구들이 많기도 하다. 어머니가 돌아가신 후부터 어머니를 대신해 생활을 챙겨드리고 있는 외할머니, 지난해 새로 아내를 맞아 새 가정을 꾸린 아버지와 새어머니, 작년 여름 아직 미혼인 형을 제치고 먼저 장가를 든 둘째 동생과 새로운 가족, 십 년 넘게 장터에서 함께하며 장사의 기반을 잡도록 도와주고 조언을 아끼지 않는 인척 아주머니, 그리고 만나면 언제나 환한 얼굴로 웃어주고 다시 올 날을 기다리는, 도움이 필요한 많고 많은 지역의 이웃들까지…….

　그리고 그의 꿈 맨 마지막엔 '소성현 도서관'이 있다. 책을 좋아
해서 국문과에 진학했고, 글을 쓰고 자유로이 여행하는 사람이 되
고 싶었던 그에겐 어릴 적 꿈의 표상이 도서관이다. 도시와 달리
모든 것이 넉넉하지 않고, 특히 책을 비롯한 문화 예술의 혜택에
서 소외되기 쉬운 지역의 어린이, 청소년들이 언제나 찾아와 내 집
처럼 편안히 책을 읽고 공부할 수 있는 아름다운 공간을 그는 꿈꾼
다. 어머니는 자식들에게 '임경옥 족발'이라는 상호로 평생의 성
실함을 물려주었지만 아들은 자신의 고단한 꿈이 묻어있던 엄정면
시골에 '소성현 도서관'이라는 공간을 남겨 어린 나무들에게 희망
이라는 제목의 책을 남기고 싶다.
　이 꿈의 목록을 다 채워갈 그날까지 서른 살 청년 소성현 씨의
아름다운 장터 인생은 끝나지 않을 것이다.

　책을 좋아하는 청년이기 때문일까, 뜻밖에도 나와 똑같이 작은
도서관의 희망과 꿈을 품고 있어서일까, 그의 일상을 마주하는 내
내 청년의 삶은 내게 애틋하고도 다정했다. 학사 노점상, 책 읽는
상인. 장터와 같은 소란한 삶에 뿌리를 박았으나 밤하늘의 별을 볼
줄 아는 이 청년의 삶과 꿈을 이해하고 연민하고 나란히 갈 수 있

충청북도. 충주. 장돌림.

는 아름다운 여성이 그의 앞에 나타나길 바랐다. 어려웠던 삶에 대한 부정보다 그 가운데서도 삶을 지켜가게 해주었던 어머니의 사랑으로 건강하게 성장했고, 흔들리던 아버지를 비난하기보다 자신의 성실함으로 아버지의 삶마저 굳건하게 견인해낸 청년의 아름다운 성장이 대견하고 고마웠다.

우리가 살아가는 세상, 한편으로 사람이 산다는 건 거기서 거기다 비슷하다고들 한다. 그러나 다른 한편으로는 사람의 삶이 어찌이리 저마다 다르고 또 제각기인지. 그 두 갈래 길 사이에 '부조리'가 있다. 어찌 보면 인류에게 주어진 과제는 이런 부조리의 간극을 좁히기 위해 끊임없이 소통하고, 이해하고, 연민하고, 연대하는 것일지 모른다.

그리고 지금 어려운 이 세상을 살아내야 하는 젊은 친구들에게 필요한 것은 이런 힘을 기르는 일일지 모른다. 한없이 부조리한 세상에 양 발을 굳게 딛고 서서 두 눈은 부릅뜬 채 밤하늘의 별을 바라보는 일. 목표점을 잃지 않으면 반드시 전진할 수 있다는 믿음을 잃지 않는 일. 세상을 이겨내는 힘은 학연과 지연, 부자 아버지와 화려한 스펙에 있는 게 아니라 스스로에 대한 믿음과 자신이 살아내야 하는 삶에 대한 성실함, 그리고 밤하늘 별의 좌표를 놓치지 않는 희망과 꿈에 있는 것이라 생각해본다. 평범하지만 이 시대 많

은 이들이 잊고 살았던 이런 삶의 원칙들을 가르쳐준 족발 청년과
의 만남이 참으로 귀하다.

충청북도. 충주. 장돌림.

"형편 때문에 어린 자식을 장터에 데리고 나가야 했을 때

장터에서 몹쓸 풍경은 보지도 말고, 듣지도 말기를 원했건만

자식은 어느새 장터에서 사업도, 인생도 모두 배우며

청년이 되었습니다.

부디 지금처럼 자신의 삶을 성실하게 꾸려가고

어려운 이웃 돌보기를 멈추지 않으며

사회에 빛과 소금처럼 빛나는 인생이 되기를

마음 깊이 바랄 뿐입니다."

여러 차례 사업 실패 후 좌절하며 고향에 돌아왔으나 임경옥 씨의 제
안으로 장터에 나서 장사를 시작했다. 장터에서 이런저런 품목에 도
전하다 임경옥 씨가 직접 연구해 개발한 조리법으로 만든 족발 장사
를 시작, 본인의 이름을 건 가게를 시작한다. 소창수 씨는 처음에는
부모의 고단한 삶을 물려주고 싶지 않아 아들들이 장터로 나오는 것
을 반대했으나 이제는 누구보다 아들을 믿고 뒤에서 지원하려 한다.

임경옥(2008년 작고)
소창수(56세)
1대, 창업 13년
장돌림

글 장혜원

사진 정환정

—

전라남도. 구례. 농부.

—

아버지. 홍순영.

딸.　　 홍진주.

아들.　 홍기표.

"아버지는 '내 자식, 내 가족 먹는 거다' 하는

생각으로 무농약 농법을 시작하시고는

그걸 쭉 지켜 오셨어요.

또 친환경으로 하려면 손이 엄청나게

많이 가는데 어머니는 그 많은 일을 묵묵히

다 하고 계신 거예요.

저는 아직 농사일에 대해 아는 게 별로 없지만,

부모님이 하시는 방식이 옳은 길이라는 것

하나는 분명히 알아요."

홍진주(28세)
홍기표(25세)
2대, 가업 승계 5년
순영농장
농부
ecosoon.com

구례에서 나고 자라 대학 시절을 제외하고는 구례 땅을 떠난 적이 없다. 어려서부터 농사짓는 아버지와 어머니를 따라 논과 밭을 놀이터 삼아 누볐다. 5녀1남 중 언니들과 동생들 사이에서 중심을 잡는 둥글둥글한 성격의 넷째 딸 진주 씨는 대학에서 산림조경학을, 막내 아들 기표 씨는 농업고등학교를 나와 한국농수산대학교에서 과수학을 공부한 후 집으로 돌아와 무농약으로 농사짓는 부모님 아래에서 농부의 꿈을 키우고 있다.

전라남도. 구례. 농부.

전라남도. 구례. 농부.

전라남도. 구례. 농부.

전라남도, 구례. 농부.

건강한 가족이 키워내는
건강한 먹거리

농사는 혼자 지을 수 없다. 물론 작은 텃밭, 가족 먹을 만큼만 생각한다면 혼자도 가능하다. 그러나 본격적으로 농사를 짓고, 땅에서 수익을 내려 한다면 많은 손이 필요하다. 농가 대부분 부부가 함께 일을 하고, 부족한 부분은 다른 사람의 손을 빌릴 수밖에 없다. 일손이 집중적으로 필요하지만 사람 구하기 쉽지 않은 농번기가 되면 외지에 나가 있는 자식들이 부모님의 호출을 받고 일을 거들러 고향집을 찾는다. 주말 동안 잠시 부모님을 도와 땀 흘리던 자식들은 일요일 오후가 되면 옷에 묻은 흙을 털어내고 다시 도시로 향한다. 일요일 아침 드라마가 그려내는 농촌, 한 마을에 모여 사는 부모와 자식, 가족이 매일같이 한 논밭에서 땅을 일구고 땀 흘리는 풍경은 오늘의 대한민국에서 그리 흔히 볼 수 있는 모습이 아니다.

대한민국 대표 농부 가족, 순영농장
인터뷰를 하기 위해 전라남도 구례의 순영농장을 처음 찾던 날은 비가 오는 봄이었다. 따로 휴일이 정해져 있지 않은 농촌은 대부분 비가 오는 날이 쉬는 날이니 차분히 이야기를 나눌 수 있겠다 싶어 다행이라 생각하며 농장으로 향했다. 그러나 도착해보니 보기 좋게 예상이 빗나갔다. 가족 모두 창고 안팎을 분주히 오가며 일을 하느라 정신없었다. 아버지 홍순영 씨는 퇴비를 만드느라 로더흙이나 골재 등을 퍼 나르거나, 운반 기계에 싣는 데 사용하는 기계에서 내려올 틈이 없었고, 어머니 서순자 씨와 딸 홍진주 씨는 농작물에 뿌릴 친환경 제재를 만들기 위해 큰 솥에 밥을 하고 밥이 식기 전에 설탕 등과 섞고 옮겨 담느라 숨 돌릴 틈이 없었다. 그러던 중 이웃이 찾아와 가족을 향해 한마디 던졌다.

"비 오는데 뭐가 그리 바쁘다냐? 이런 날은 좀 쉬지."

순영농장은 여러 가지 면에서 남다른 곳이다. 무농약 친환경 농법으로 쌀, 밀, 감, 매실 등을 재배한다. 4만 평이 넘는 규모, 축구장 스무 개 남짓의 대규모 면적이다. 화학 농약과 비료를 쓰지 않고 친환경으로 농사짓는 것이 일반적인 관행농법에 비해 손이 몇 배는 많이 가는 일임을 감안하면 농사짓는 사람들 사이에서도 고개를 절레절레 저을만한 규모다.

규모가 크고 일이 많다고 요령껏 적당히 하느냐 하면 그것도 아니다. 최고의 품질이다. 감은 탑프루트 인증을 받았다. 크기, 당도,

색, 안정성 등을 엄격히 검사해 최고 품질 기준을 통과한 과일에 부여하는 인증으로 전국 소수의 농가만이 이에 속한다. 쌀은 더 놀라운 수준이다. 찰기나 식감, 맛은 물론 영양 성분까지 뛰어나다. 2011년 한국식품연구원 검사 결과 쌀에서 오메가3가 발견됐다. 오메가3는 사람의 몸에 꼭 필요하지만 자체적으로는 생산할 수 없어 음식으로 섭취해야 하는 불포화 지방산으로 혈행을 개선하고 뼈의 형성을 돕는 기능을 하는 것으로 알려져 있다. 쌀에서 오메가3가 검출된 것은 순영농장이 처음이다.

친환경 농법으로 대규모의 농사를 짓는 일, 많은 손길과 정성, 그리고 기술이 필요한 이 일을 이들은 오롯이 가족의 힘만으로 해내고 있는 가족농이다. 그리고 매해 조금씩 경작 면적을 넓혀가고 있다. 그 풍경에는 누구의 권유나 강요 없이 자발적으로 부모 밑에서 농사를 짓겠다며 들어온 스물여덟의 딸 홍진주 씨와 스물다섯의 아들 홍기표 씨의 선택이 있다.

구례에서 태어난 진주 씨에게 어린 시절 논과 밭은 놀이터였다. 일하시는 부모님 곁에서 흙을 만지며 농작물이 자라는 것을 지켜보며 자랐다. 눈을 돌리면 사방이 지리산 자락이었다. 자연스레 흙을, 땅을, 풀과 나무를 사랑하게 되었다. 대학 진학을 앞두고 산림자원학과를 선택했고 대학을 졸업할 때쯤 물 흐르듯 또 그렇게 집으로 돌아와 부모님 밑에서 농사를 지어야지 생각했다.

어려서부터 언니, 동생 누구 할 것 없이 집에 일이 있으면 부모님과 함께 논밭에서 땀 흘려 일하는 것을 마다하지 않았다고 한다. 5녀1남, 다들 성격도 제각각이고 옥신각신 할 때도 있었지만 일하기 싫다고 내빼는 형제는 없었다. 할 일이 있으면 제 깜냥껏 할 수 있는 만큼 불평하지 않고 했다. 다만 짝을 지어 일을 시키면 언니들이 서로 홍진주와 짝을 하려 했다니 그가 형제들 중에서도 무던히 일을 잘해내던 손이 야문 사람일 것이라 짐작한다.

"고등학교 때도 대학교 때도 '난 죽어도 이걸 해야지'는 아니었는데 또 돌이켜보면 다른 일 하는 것은 생각도 안 해봤어요. 어렸을 때부터 부모님이 논에, 들에 가시면 저도 같이 가서 옆에서 놀고 일이 바쁠 때는 같이 일하고 그러다 보니까 대학교 졸업하면 집에 돌아와서 일해야지 그런 생각을 했던 것 같아요. 부모님께서 농사짓는 것을 쭉 봐왔고, 집에는 일손이 많이 필요하고, 저는 틈틈이 도와드렸던 농사 일이 재미있었어요. 그저 그뿐이에요. 집에 돌아와서 농사일 하겠다고 하니까 아빠는 그냥 '그래라'하시면서 찬성하셨죠."

진주 씨의 아버지 홍순영 씨는 농사에 희망이 있고 미래가 있다고 믿는 농부다. 수십 년간 농사를 지어왔지만 땅과 작물에 더 이로운 방법을 찾으려고 지금도 새로운 도전을 계속하고 있는 농부

전라남도. 구례. 농부.

다. 그런 그는 자신이 걸어온 길을 따라 걷겠다는 딸과 아들의 선택에 누구보다 든든한 후원자다.

"진주와 기표가 들어와서 일을 하는 것은 저희들 살아나갈 길이에요. 직장 생활 하는 것보다 낫죠. 저는 그렇게 생각해요. 직장 생활하고 사회생활 하는 것이 더 힘들다고 봐야지요. 우선 건강한 농산물 생산해서 우리 가족들이 먹을 수 있으니 얼마나 좋아요. 물론 힘들 때는 더 힘들지만 역경을 이겨 나가야 해요. 직장 생활 하다가 아님 공직에 있으면서 힘들면 '나 사표 써야지' 하는 사람 많잖아요. 그런데 우리는 그런 것은 없잖아요. 일하고 싶으면 일하고 쉬고 싶으면 쉬고. 아, 그것이 우리 농민들이지요."

쌀에서 오메가3가 나오기까지

농부 홍순영 씨는 아주 어렸을 때부터 농사에 꿈을 품고 있었다. 지금의 진주 씨 보다 더 어린 나이, 스물이 채 되기 전부터였다.

"다른 형제는 다 나갔지만 나는 외지에 나갈 생각은 해본 적이 없었죠. 농사도 잘하면 괜찮다, 자신 있다 생각했어요. 처음에는 증여 받은 땅도 없고 농사 기반을 만들려고 열일곱 때부터 마을 정미소를 맡아서 운영했어요. 그걸 2년 하고 논 두 마지기를 샀지요. 그게 젤로 뿌듯했죠. 그리고 계획을 세웠어요. 그때는 나이 오십

만 되어도 엄청 어른이던 때인데, 그 어른들이 흰 적삼 입고 큰 머슴, 작은 머슴 둘 두고 소 한두 마리 키우면서 논 7000평 정도 갖고 있고, 그 정도 되면 참 괜찮은 거예요. 농사 많이 짓는 사람이 6000~7000평이었거든요. 나도 나이 오십 됐을 때 저렇게 해보자 마음먹었었죠."

올해 쉰여섯의 농부 홍순영은 40여 년 전에 세웠던 계획을 훨씬 웃도는 4만 평이 넘는 규모의 농사를 짓고 있다. 지난 2011년에는 오메가3 쌀 생산의 공을 인정받아 쌀 산업 발전 유공자에 선정, 국무총리 표창을 수상했다. 그러나 처음부터 모든 것이 마음먹은 것처럼 순조로웠던 것은 아니다.

그 역시 처음에는 화학 농약과 비료를 사용하는 관행농법을 따랐다. 다른 방법은 생각조차 해보지 않았다. 다들 그렇게 하던 시기였다. 그러다 1997년 사달이 났다. 누구보다 건강하던 그가 어느 날 갑자기 쓰러진 것이다. 온몸이 참을 수 없이 가려웠고 하얗게 일어났다. 밤낮없이 긁어도 긁어도 가려움은 가시지 않고 오히려 더해갔다. 인근의 큰 도시 여기저기로 병원을 찾아다녔으나 딱히 치료 방법이 없었다. 그러다 외국인 수녀가 운영하는 광주의 한 병원에 갔는데 농약 중독이라고 했다. 이어진 의사의 이야기에 그는 숨이 턱 막혔다.

"조심하라고 하면서 농사짓지 말라고 말하더라고요. 허, 그것

전라남도. 구례. 농부.

참. 농부한테 농사짓지 말라고 하니…… 갑갑했죠."

그의 인생에 찾아온 고비는 하나의 중요한 전환점이 되었다. 친환경 농법을 결심하게 된 것이다. 지금처럼 친환경 농법이 널리 알려져 있던 때가 아니었기에 마음은 먹었으나 어찌 해야 되는 것인지 정보가 없었다. 교육이 있는 곳, 혹은 무농약 농법으로 농사짓는 사람이 있는 곳이라면 전국 어디든 마다 않고 찾아 나섰다. 달랑 오토바이에 몸을 싣고 전라남도 구례에서 충북 괴산, 혹은 경상도, 전국 곳곳을 친환경 농법을 배우러 다녔다. 현미식초 농법, 우렁이 농법 등 다양한 농법을 배우고 돌아와서는 본인의 논과 밭에 직접 실험했다. 쉽지 않은 날들이었다. 그러나 순순히 타협할 생각은 없었다.

"무농약으로 전환할 때 한 번에 모두 전환해버렸어요. 기면 기고 아니면 아니지, 안 하려 해도 안 할 수가 없다는 마음으로 그리 했지요. 처음에는 집사람이 나 몰래 농약을 치기도 했답니다. 본인은 아니라고 하는데, 딱 보면 모르나. 농약 안 치고 농사짓는다니 주변에서 미친놈 소리도 참 많이 들었어요. 그 소리야 뭐 아직까지도 듣지만. 허허."

농약을 하지 않는다고 해서 당장 작물의 질이 좋아지지는 않는다. 오랫동안 화학 농약과 비료에 길들여져 힘이 떨어진 땅은 제대로 된 작물을 길러내지 못했다. 게다가 아무리 부지런히 움직여도 넘쳐나는 풀들을 다 잡을 수는 없었다. 친환경으로 이전보다 훨씬 힘들게 농사를 지었지만 소비자들은 알아주지 않았다. 그도 그럴 것이 가공한 쌀에 검은 티가 있거나 온전한 모양이 아닌 것, 심지어 풀씨까지 섞여 있었다. 수확량도 크게 줄었다. 십수 년 연구 끝에 단연 최고의 기술을 갖고 있다는 지금도 수확량은 관행농법에 미치지 못하니 그 당시는 비교하기 힘든 수준이었다. 그러던 중 그는 길을 찾았다.

"진주에서 친환경 농사를 짓는 감 농장에 갔는데 탄화물질을 한 번 써보라고 한 병 준 거예요. 친환경이라고 식초로 만들어서 주는데, 백초액, 목초액이라고 풀을 뜯어다가 효소제로 만들어가지고 쓰는 물질이 있어요. 그걸 얻어다가 처음 쓰고, 직접 만들어서 쓰다 보니 농약보다 낫구나, 그럼 농약을 쓸 필요 뭐 있나 깨닫게 되었죠. 그전에는 친환경 농사를 지었으나 농약만 안 치고, 풀 뽑고 그냥 그렇게 했어요, 사실."

그 후 진주에 함께 가서 제재를 받아 써본 주변의 다른 농부들과 만나서 이야기도 하고 술도 마시며 정보를 나눴다. 그러다 조합을 만들었다. 직접 제재를 만들어 써보기로 했다. 진주에서 탄화물질을 만들 수 있는 '탄화기'를 구입해 농장에 설치하고 조합원들과

전라남도. 구례. 농부.

산으로 들로 다니며 재료를 채취했다. 지천에 깔린, 잡초라 부르는 식물들이 재료였다. 이를 기계에 넣고 고열로 태우고, 그때 나오는 연기를 액체로 추출한 것이 바로 탄화물질이다. 땅에서 난 것을 태워 다시 땅으로 돌려보내는 방식이다. 처음엔 열심히 만들어도 제대로 잘 되지 않았다. 재료의 조합과 비율, 효과 등을 알기 위해 숱한 실험을 해야 했다. 돈도 많이 들었다. 한 번 기계를 돌릴 때마다 가스비가 100만 원씩 들었다. 지금까지 투자한 비용만 1억 원이 넘는다. 그래도 옳은 길이라는 확신이 있었기에 멈출 수 없었다.

"누가 뭐라 해도 나갈 길은 이 길이니까요. 보통 새벽 두세 시에 일어나 앞서 일했던 것을 되짚어 보고 새로 할 일을 생각하며 일기를 써요. 일기를 쓰다 보면 '아, 먼저 했던 것이 이렇게 된 것이고, 다른 사람들 이야기가 이러하니 다음에는 이런 것들로 한번 해봐야겠구나' 하는 것이 그려지죠. 계속 찾아보면서 만들고, 만들어가면서 작물에 투여해보고 하다 보면 반응 있는 것도 있고 없는 것도 있고 시기적으로 맞는 것도 있고 그렇답니다.

내가 친환경 시작하고 미친놈 소리 참 많이 듣는데, 한번은 논에 벼를 심어놓고 논두렁에다가 코스모스를 심으니까 또 역시나 사람들이 미친놈이라고 그럽디다. 저놈 보기 좋으라고 그런가보다 하며 수군거리는데, 꽃이 올라오니까 내가 꽃을 싹 베서 가져가 버렸거든. 그러니까 미친놈으로 안 보이겠어요? 그런데 난 그걸로 제재를 만들었어요."

그렇게 시간과 정성을 들여 연구를 거듭한 끝에 이제 약 80여 종의 제재를 만들었다. 그 효과는 놀라웠다. 꾸준히 제재를 이용해 농사를 짓자 땅이 살아났고 오메가3가 나오는 쌀이 자랐다. 그게 전부가 아니다.

"이제 감도 유기농까지 들어가는 단계가 됐습니다. 또 하다 보니까 쌀의 단백질 함량도 자유자재로 조절할 수 있는 맞춤형 쌀이 가능해졌어요. 단백질 함량이 6.0 이하면 최고 쌀이라고 하는데 내가 최저로 떨어뜨려 볼란다 마음먹고 4.8까지 떨어뜨려 봤어요. 만약 단백질 함량을 몇 프로로 맞춰줘 봐라 하면 할 수 있어요. 제재를 이용해서 가능한 것이지요."

그는 농사에 대해 이야기할 때 허술히 이야기하는 법이 없다. 정확한 수치가 함께 나온다. 오늘의 성과가 우연이 아닌 것이다. 매일같이 영농일지를 써내려가며 연구에 연구를 거듭한 결과이다. 홍순영의 논과 밭은 벽이 없는 거대한 연구소다.

딸과 아들은 아버지가 친환경으로 농사짓기 위해 끊임없이 노력하는 모습을 곁에서 모두 지켜보았다. 그리고 그 길이 조금 힘들지라도 옳은 길임을 누구보다 잘 알고 있다. 진주 씨와 기표 씨는 묵묵히 그 뒤를 따른다. 진주 씨는 아버지 홍순영이 아닌 농부 홍순

전라남도. 구례. 농부.

영에 대해 이렇게 이야기한다.

"원래부터 한번 마음먹은 건 잘 안 바꾸세요. 그래서 이만큼 하게 되신 것 같아요. 될 때까지 이것저것 해보고 하면서 방법을 찾으시고, 그러다 보니 농사 기술이 좋아지신 거죠.

여기저기서 매일같이 찾아오고 어디 불려가서 강연도 하시고 그런 것을 보면 유명해지셨구나 싶어요. 그런데 그런 것들보다도 쌀을 먹어보면 정말 저희 쌀은 맛이 달라요. 아빠가 한 번씩 어디 가셨다가 쌀을 받아오셔서 그걸 먹어볼 때가 있거든요. 밥을 해서 먹어보면 탄력이랄까 힘이 없어요."

순영농장의 신입 직원, 홍진주와 홍기표

진주 씨와 기표 씨가 집으로 들어와 농사일을 하며 집안 풍경도 조금 달라졌다. 진주 씨가 합류하자 아버지는 홈페이지를 만들기로 했다. 관리할 수 있는 사람이 생겼기에 가능한 일이었다. 그 전에는 순영농장의 쌀을 먹어본 사람을 통해 알음알음해서 전화로 주문하는 것이 전부였다. 홈페이지가 생기고 홍순영 씨의 이야기가 언론 등에 소개되자 조금씩 직거래량이 늘어났다.

손은 많이 가고 수확량은 적은 친환경 농산물은 높은 값을 받지 않으면 손해가 나는 일이다. 그렇지만 아무리 공을 들여 질이 좋은 작물을 생산해 놓아도 농협을 통해 수매할 경우 제값을 다 받을 수가 없다. 농협은 정해놓은 수매가 기준 안에서만 가격을 책정한다. 오메가3 쌀도 다른 쌀들과 수매가에서는 생각보다 큰 차이가 없다. 직거래를 늘려야 하는 이유다. 아직은 수매 비중이 높지만 새로운 세대, 진주 씨와 기표 씨가 있기에 또 다른 가능성을 찾을 수 있을 것이다.

기표 씨는 구례에서 농업고등학교를 나와 한국농수산대학교에서 과수학을 전공했다. 한국농수산대학은 농림축산식품부 산하 교육기관으로 전문성 있는 농어업경영인을 양성하기 위해 이론과 실습은 물론 현장 파견 수업 등을 커리큘럼으로 하는 학교다. 졸업 후 순영농장에 돌아온 기표 씨는 각종 농기계를 다루는 일부터 감나무 전정과 열매솎기 등을 척척 해내며 제 몫을 하고 있다.

"자식 중 누가 들어와서 농사를 지으리라고 생각해 본 적은 없었는데, 의도치 않게 아들이 중학교 때 농고 가겠다고 해서 농고 들어가고, 너 그러려면 농업대 과수학과나 가거라 하니까 과수학과를 졸업했고. 지가 졸업하고는 농사지어야 하니까 와서 농사짓는 거죠. 아직은 그 녀석도 애비가 시키는 것만 하고 다른 것은 없습니다. 지금은 물질 뭐뭐 혼합해서 써라 하면 쓰고 그러는 거죠. 저도 써보고 느끼는 것이 있겠지요. 아직은 그렇습니다. 기표는 지

전라남도. 구례. 농부.

가 돌봐야 할 땅이 있는데 탄화 물질 주고, 지도를 해주어야지요. 자립하라고 준 것이고 뭐든 그렇게 해 나아가야 합니다."

홍순영 씨는 원래 농사짓던 과수원 외에 감 밭을 추가로 임대해 아들이 책임지게 했다. 뿐만 아니라 그 밭에서 나는 수익을 모두 아들의 몫으로 주기로 하고 기표 씨에게 집안의 감나무 전부를 맡겼다. 봄부터 겨울까지 나무와 땅을 책임지고 돌보게 한 것이다. 물론 그렇다고 감 밭의 일을 혼자만 하는 것은 아니다. 그러나 어떻게 감 밭을 가꾸어갈지, 어떻게 판매할지 등을 결정하는 것에 이제 조금씩 기표 씨의 몫이 늘고 있다. 그리고 언젠가는 스스로 모든 것을 판단하고 결정해야 하는 순간이 올 것이다. 그러나 부모님이 일군 땅이 어떤 땅인지 누구보다 잘 알고 있는 기표 씨이기에 땅을 허투루 대하는 일은 없을 것이다.

"동생이 고등학교 다닐 때는 집에 일이 있다 하면 누가 시킨 것도 아닌데 스스로 조퇴를 하고 집에 와서 일을 돕고 그랬어요. 지금도 워낙 늦게 자고 늦게 일어나서 제가 몇 번씩 깨우러 들락거려야 해서 속은 터지지만 땡볕에서 땀을 한바가지 쏟으며 일을 하는 한이 있더라도 저 할 일은 책임지고 다 해놔요."

기표 씨보다 몇 해 일찍 농장에서 일을 시작한 진주 씨는 농부로 일을 시작하며 월급을 받았었다. 월급을 받는 농부. 아버지 홍순영 씨의 결정이었다. 용돈이나 좀 주시겠거니 생각했는데 꼬박꼬박 월급을 챙겨주셨다고 한다. 또한 순영농장의 홈페이지에는 대표로 홍진주 씨의 이름이 올라있다. 가족과 함께하는 일이지만 단순히 집안 일을 돕는 것이 아니라 스스로 책임감을 갖고, 직업으로 농사에 제대로 임하기를 바라는 마음이었다. 홈페이지 관리와 택배 관리, 직거래 고객 응대, 창고 관리 등이 모두 그의 몫이다. 하나의 역할을 주고 그에 대해 책임을 지게 한 것이다.

그리고 지난해부터는 한발 나아가 논 한 필지를 진주 씨의 몫으로 떼어주었다. 회사로 치자면 지분을 배당받은 셈이다. 단순한 월급쟁이가 아니라 땅을 살리고 꾸준히 가꾸는 책임까지 더한 것이다. 홍순영 씨는 딸 진주 씨가 처음에는 일을 힘들어하더니만 이제는 곧잘 스스로 할 일을 찾아서 한다며 대견해 했다. 건강한 땅에서 좋은 작물이 자라나듯 농부 홍진주 역시 순영농장에서 농부로 조금씩 성장하고 있다.

혼자 할 수 없는 친환경 농사

홍순영 씨에게 아들과 딸의 오늘이 그의 젊은 시절과 비교해 보면 어떠한지 묻자 크게 웃으며 대답했다.

"우리 젊었을 때랑 비교하면 백에 하나도 안 되지요. 하하."

열일곱에 정미소 일을 시작해 열아홉에 스스로의 힘으로 농사지

전라남도. 구례. 농부.

을 땅을 마련한 그에게 어리석은 질문이었다.

"그래도 친환경 한다고 하는 다른 농가들을 가보면 그 사람들보다는 우리 애들이 낫구나 싶습니다. 내가 다른 지역 농가들도 많이가서 봤는데 가면 눈을 맞추고 이야기를 안 해요. 거짓말 하고 있잖아요. 전부 물질을 만들어 쓴다고 하는데 전부 사다 쓰고. 어떤데는 한 번씩 화학 비료 쓰면서 유기농이라고 인증 받아 놓고 있는데도 있습니다. 우리는 절대 그러지는 않거든요.

이제 애들이 자신 있게 농사에 달려들어서 지들이 배워서 지어야지요. 결국은 친환경으로 이렇게 해야 됩니다. 아버지가 한뜻으로 하고 있으니까 지들도 따라 할 것이고. 저희도 책임을 지고 일을 할 때에는 그렇게 할 수밖에 없어요. 이제 농촌에서는 그렇게하지 않으면 살아나갈 방법이 없어요."

진주 씨는 농사일에 대해 물으면 자신은 아는 게 별로 없다며 웃고 넘긴다. 평생을 땅과 함께 살아오신 어머니, 대한민국 최고의 농부 아버지에 비하면 그는 아직 가야할 길이 멀고 먼 풋내기에 불과하다. 그러나 부모님의 삶을 통해 배운 친환경 농법에 대한 마음만은 단단하다.

"남들 1년에 농약 두세 번 하는데 저희는 제재 살포를 여섯 번정도 해요. 남들은 병이 생기면 약을 쓰지만 저희는 예방 차원으로아예 생기지 않도록 미리 손을 써야 하니까요. 아무래도 조금 힘들기는 하죠. 그래도 화학 농약 쓰는 것보다는 훨씬 낫다고 생각해요. 농약은 뿌리다가 몸에 닿으면 아무리 조금만 묻어도 기분이 나쁘고 신경 쓰여요. 제재는 그냥 물이에요. 냄새가 없으니까 물로 세수하고 씻고 그럼 끝이죠. 또 가족이 먹는 걸 생각하면 어떻게 화학 농약을 쓰겠어요. 땅을 살려야지 하는 생각은 하지 못하고 농사지어서 나오기만 하면 된다고 생각하니까 그렇게들 하는 거예요. 아버지는 늘 내 자식이, 가족이 먹는 거라 생각하며 농사지으세요. 저도 그게 옳다고 생각해요."

하지만 현실은 나 혼자 원칙을 지킨다고 해서 안전하지 않다. 순영농장은 화학 농약을 쓰지 않고 탄화물질로 제재를 만들어 살포하고 퇴비를 만들어 뿌리며 십수 년째 땅을 살려내려 애썼다. 그러나 언제부터인가 마을 주변에 오리 농장, 묘목 밭이 하나씩 들어서기 시작했다.

"오리 농장에서 흘러나오는 오물, 묘목을 키우면서 뿌리는 강한 제초제와 각종 농약이 애써 가꿔놓은 농작물과 땅을 다 버려놔요. 그런 데다 땅을 임대해주면 힘들여 농사짓는 것보다 돈을 더 쳐준단 말이에요. 연세가 많으셔서 더 이상 농사짓기 힘든 어르신들은 외지인들한테 땅을 그냥 내놓는 거예요."

묘목 밭과 오리 농장 이야기가 나오자 진주 씨의 목소리가 커지

전라남도. 구례. 농부.

고 말이 빨라졌다. 그러나 40년차 농부 홍순영 씨의 반응은 한결 차분했다. 그는 오리 농장이 들어서지 못하도록 하기 위해 국회며 어디며 백방으로 뛰어다녔다고 한다. 그러나 결국 막지 못했고, 구례군에서도 막지 않고 허가를 해주고 있다며 한숨을 쉬었다.

홍순영 씨는 친환경 농사가 결코 혼자서는 갈 수 없는 길임을 알고 있다. 친환경 농산물을 온전히 키워내기 위해서는 주변에서 함께 농사짓는 다른 농부들 역시 친환경 농법으로 농사를 지어야 한다. 또한 그렇게 길러낸 농산물을 판매할 때 땀과 노력만큼의 값어치를 인정받아야 한다. 그러기 위해서는 소비자들이 친환경 농산물의 가치를 알아야 한다. 이야기를 나누는 동안 홍순영 씨는 여러 차례 이런 말을 했다.

"생산자보다 소비자가 더 잘 알아야 해요. 욕심이 하나 있다면, 도시 소비자하고 농촌 생산자하고 우정 있게 살고 싶습니다."

그는 늘 생명을 생각한다. 땅을 살리기 위해 연구하고, 작물들의 이야기를 들으려 귀 기울이고, 그가 길러낸 농산물을 통해 인연을 맺게 될 사람들의 식탁과 건강을 생각한다. 그래서 농부 홍순영은 그가 애써 알게 된 기술을 혼자만의 것으로 삼지 않고, 단지 돈벌이로 생각하지 않고 고향 사람들과 나누려고 한다.

순영농장의 쌀에서 오메가3가 나오자 많은 이들이 그를 찾아왔다. 오랜 시간 공들여 만든 제재를 가져다 분석해 쉽게 논문을 쓰려는 사람도 있었고, 큰돈을 줄 테니 자기네 지역에서 오메가3 쌀이 나오게 해달라고 하는 지방자치단체도 있었다. 그러나 홍순영 씨가 그 모두를 거절하고 선택한 것은 고향 구례에 오메가3 단지를 조성하는 일이다.

"농협에서 관리하고, 군청에서 행정 지원하고, 나는 이제 기술 지원을 하는 것이지요. 좋은 쌀 재배해서 돈 잘 받으라고 하는 거예요. 36.7헥타르를 한 마을에서 시작했고 차츰 늘려갈 계획이에요. 그 다음에는 100헥타르, 그리고 우리 구례군 1000헥타르를 친환경으로 다 할 수 있는 방법을 모색해보자. 협조를 해서 다 같이 해보자. 이렇게 생각하는 겁니다.

또 하나 생각은 쌀에 이력추적제까지 해서, 가공도 따로따로 하고 QR코드를 적용해서 어느 논에서 누가 재배한 쌀인지 알 수 있게 하는 거예요. 깃발 꽂아두고 자주 가서 보고 있어요. 내가 관에서 하는 것보다 철저하게 할 거예요. 대충하면 아예 싹 빼버리고 그렇게 할 거예요. 돈만 생각하고 하면 안돼요."

홍순영 씨는 직접 만든 친환경 제재를 농가에 때맞춰 나눠주고 살포하도록 하며 그의 기술을 적용할 수 있도록 지난 한 해 동안 부지런히 챙겼다. 그리고 그의 정성이 통해 바람대로 올해는 오메가3 단지가 두 배가량 더 넓어졌다.

전라남도. 구례. 농부.

이제 갓 농사일에 입문한 진주 씨와 기표 씨에게 농부 홍순영은 어찌 다다를 수 있을까 싶은 존재다. 기표 씨는 아버지의 기술이 아닌 일상 자체가 그렇다고 이야기하고, 진주 씨는 좋은 것을 더 좋게, 더 잘하려고 하는 그 마음이 존경스럽다고 이야기한다.

농부는 기원전부터 이어져온 인류의 가장 오래된 직업이다. 모르는 이들은 뭐를 더 시도할 것이 있겠냐 싶지만 농부 홍순영의 생각은 다르다. 그는 오늘도 땅을 공부한다. 다 알 수 있으리라는 생각은 애초에 없다. 쌀에서 성과를 내자 이제는 밀로 또 다른 실험을 이어가기 시작했다.

"친환경 논에다가 밀을 심는데 밀은 제초제 안 하면 안되는 걸로 다들 알고 있어요. 그런데 밀도 친환경 해야지 나락만 친환경 하면 되겠냐 하고 달려들어서 밀도 친환경으로 했지요.

이제는 밀도 기능성으로 만들려고 물질을 뿌리고 있어요. 밀에 물질 뿌리고 있으니까 제초제 안 하냐고 사람들이 그래요. 아직도 그래요. 아직도."

사실 밀은 제초제와 비료 없이는 재배하기가 어려운 작물이다. 제재를 사용해 제초제는 뿌리지 않고 있지만, 아직까지 화학 비료는 조금씩 사용하고 있다고 한다. 워낙에 비료를 하지 않으면 수확량이 나오지 않는 것이다. 한방 영양제 등으로 땅에 영양을 많이 주고 쉴 시간을 충분히 주면 가능하나 그렇게 해서는 수지타산을 맞추기가 쉽지 않다. 순영농장에서는 쌀과 밀을 번갈아가며 재배하는 이기작을 하고 있다. 쌀을 키우는 동안에는 화학 농약은 물론 화학 비료도 하지 않지만 밀은 꼭 필요한 경우 비료를 쓰고 있다. 그래서 아직은 쌀도 유기농이 아닌 친환경 인증만을 받고 있는 것이다.

"한 7~8년 지나면 비료 안 해도 될 거예요. 아직은 땅에 힘이 없어가지고 그렇고. 금비라는 비료를 친환경하면서 5~6년째 줄여가는데 금년부터는 사정없이 줄이려고 합니다. 그럼 내년부터는 유기농도 가능하다고 볼 수 있지만, 아직은 조금 서운할 거예요."

이뿐만 아니라 홍순영 씨는 병충해로 인해 무농약이 쉽지 않은 고추를 무농약으로 키우는 방법도 모색 중이다. 노지에서 실험을 했는데 한 차례 실패하고, 이번에는 하우스를 1000평 지어서 방충망을 치고 해충을 차단하며 농약을 치지 않는 방법을 실험했다.

땅을 키우는 농부, 땅을 돌보는 농부

농부 홍순영은 땅을 돌보는 농부다. 그는 작물의 병과 문제들이 땅의 문제에서부터 생긴다고 믿는다. 그에게 농부로서 욕심이 있다면 사람들이 땅을 사랑해주었으면 하는 것이다. 땅을 흔들어놓지 말고 숨 쉴 수 있게, 건강하게 만드는 것이 그가 농사를 짓는 방법

전라남도. 구례. 농부.

이다.

"아무리 뭐라 그래도, 내가 교회도 안 다니고 절도 안 다니고 하지만 하느님이 농사짓는 거예요. 우리는 환경을 괴롭히면 안돼요. 환경오염이 제일로 문제란 말입니다. 추수하고 보통 밀대, 보릿대 작업해서 불태워 버리잖아요. 그럼 그해 농사지을 때 보면 잘되요. 우리는 밀대, 보릿대 썰어놓고 흙을 갈아엎는데 그러려면 뻑뻑해 가지고 힘이 든단 말이에요. 그런데 나중에 수확할 때 보면 똑같습니다. 근데 그걸 없앤다고 불태워 버리잖아요. 그럼 환경을 오염시키잖아요. 그건 친환경이 아니에요.

밀대 썰어놓으면 두 번, 세 번 갈아엎어야 하니까 힘도 들고 손이 더 많이 가는 것도 있어요. 그러나 수확량도 같고, 나중에 몇 년 후에 보면 땅이 좋아져 있지요. 섬유질을 태워 버리면 오존을 다 파괴하는 거예요."

과수원에는 땅에 이로운 호밀을 심고, 밀 재배는 옛날식 태평농법을 시도하려 한다. 농사짓는 이라면 으레 불필요하다고 생각하는 풀도 그는 공생해야 할 존재로 본다.

"풀을 이겨 나가는 것이 하나의 친환경 농업의 미덕이고 친환경 농업이 해나갈 일이에요. 어쩔 수 없어요. 풀하고 같이 공생하고 사는 것이지 뭐 다른 것 있겠어요?"

땅이 살아나면 밥맛이 달라지고 밀의 향이 달라지고 단감의 당

도와 식감이 달라진다. 순영농장에서 재배한 쌀로 지은 밥은 영양은 물론 씹을 때 탄력이 다르다. 시간이 지나도 찰기가 있다. 그의 밀로 빵을 구우면 깊은 구수함이 살아난다. 가족의 손에서 자라난 단감은 쉽게 무르지 않고 기분 좋은 아삭한 식감과 깔끔한 단맛을 유지한다. 단지 한 해의 결과만을 바라보고 짓는 농사가 아닌 먼 미래를 내다보며 오랫동안 땅에 정성을 쏟은 우직함에서 시작된 따뜻한 맛이다.

홍순영 씨의 이런 우직함은 땅은 물론 사람에게도 향한다.

"기표가 오늘 친환경 농법 교육 갔는데, 어디 다녀 봐도 다들 핵심은 안 가르쳐 줘요. 자기가 하면서 배워야 합니다. 흙하고 싸우고, 싸우기 전에 사랑하면서 이겨나가야 하는 것이에요. 그렇게 해나가야 돼요."

홍진주, 홍기표는 지금은 그저 농사를 짓는 여러 젊은 청년 중 한 명에 불과하다. 그러나 아버지 홍순영 씨는 당장의 열매를 키우는 농부가 아니다. 땅을 돌보는 사람이다. 땅이 스스로 생명력을 되찾고 기름진 옥토가 되어 나무를 성장하게 하고 그 나무가 다시 열매를 키워내도록 하는 농부다. 그의 울타리 안에서 자라나는 진주 씨와 기표 씨의 내일이 궁금한 이유다. 또 한편으로는 성실하고 선한 이 남매가 순영농장에 어떤 변화를 만들어갈지 기대된다. 혼자 할 수 없는 일이 농사다. 하늘이 도와주고, 땅이 허락하고, 나무

전라남도. 구례. 농부.

와 풀, 그리고 작물들과 대화하며 가족이 한 마음으로 해야 제대로
할 수 있는 것이 친환경 농업이다.

이 가족을 처음 만나게 된 것은 먹을 쌀을 사기 위해서 구례를
향했을 때였다. 홈페이지를 보고 쌀을 주문하려니 마트에서 파는
쌀들과 비교했을 때 훨씬 값이 비쌌다. 도대체 어떤 쌀인지 궁금
했고, 어떤 사람들이 어떻게 농사지은 쌀인지 궁금했다. 먹거리들
은 참 신기하게도 길러낸 사람을 닮는다. 그 사람들을 직접 만나보
고 싶어 일부러 핑계를 만들어 구례 나들이를 계획했다. 겨울이었
던 터라 삭막한 풍경을 지나야 했다. 그러나 구례에 들어서자 곳곳
에 푸릇푸릇한 들판이 펼쳐졌다. 차갑게 얼어 있는 땅을 뚫고 나와
찬바람에 맞서 자라나고 있는 우리밀이었다. 겨울바람에서 어쩐지
봄의 향기가 나는 듯했다. 그리고 마침내 순영농장에 도착했다.
아늑한 산 아래 위치한 순영농장에는 진주 씨가 혼자 집을 지키
고 있었다. 부모님은 여행 중이시라고 했다. 진주 씨가 쌀을 포장
하는 사이 농사짓는 일, 가족들 이야기, 서로의 삶에 대해 짧은 이
야기가 오고갔다. 좋은 쌀 때문이었는지 아니면 사람 때문이었는
지 돌아오는 길이 어쩐지 따뜻했다. 매일 순영농장의 쌀로 지은 건
강한 밥을 먹으며 진주 씨가, 그리고 만나지는 못했지만 이미 잘
알고 있는 것처럼 느껴지는 그 가족이 떠올랐다. 그리고 다시 궁금

해졌다. 이십 대의 진주 씨가 도시로 향하지 않고 고향에 남아 부모님과 함께 농사를 짓게 된 것은 어떤 이유일까? 어떻게 그렇게 즐거워 보일까? 그게 이 책의 시작이었다.

그 후 궁금증을 해결하기 위해, 또 때로는 쌀이 떨어졌다는 이유로 수시로 순영농장으로 향했다. 바쁘게 일하는 사람 옆에서 궁금한 것을 물어대는 것이 조금은 미안한 마음도 들었지만 지리산 그늘 아래에서 진주 씨 가족과 함께 흙냄새를 맡고 있으면 어쩐지 편안한 기분이 들었다.

사실 아버지 홍순영 씨와 마주앉아 제대로 이야기할 기회를 잡는 게 쉽지는 않았다. 구례를, 대한민국을 대표하는 농부이기에 늘 여기저기 부르는 곳이 많았다. 미리 연락을 하고 출발 전에 약속을 다시 확인하고 가도 도착하면 무언가 일이 생겨 제대로 시간을 낼 수 없었다. 그러다가 짬이 난 것은 밀을 수확하는 날, 콤바인이 고장 나 더 이상 일을 할 수 없는 상황이 되어서였다. 일반적인 인터뷰와 비교하면 긴 시간은 아니었지만 구례를 찾았던 중 가장 긴 대화를 나눴다. 농사에 대해, 땅과 자연에 대해, 인생에 대해 툭툭 던지는 한 마디 한 마디 그 어떤 말도 버릴 것이 없었다. 그의 이야기를 메모하며 생각했다. '아, 이 사람은 농사짓는 철학자구나.'

대화가 끝날 무렵 홍순영 씨가 툭 한마디 던졌다.

"구례 와서 농사 한번 지어보지 그랴요? 관심 있게 잘할 것 같은

전라남도. 구례. 농부.

데. 내가 가르쳐줄게요."

순간 마음이 흔들렸다. 최고의 농부에게 사사할 기회라는 사실도 매력적이었지만, 그의 표정이 아끼고 아끼는 소중한 무언가를 품에서 꺼내 조심스레 건넬 때의 그것이었기 때문이다. 구례에 드나들며 그를 만날 때마다 느낀 것은 농부 홍순영은 그 누구보다 농사일을 참 좋아한다는 것이었다. 바쁘게 오고가는 중에도 잠깐씩 멈춰 서서 나를 불러 세우고는 이것 좀 보라며 흙, 밀알, 쌀 등을 보여주고 설명했다. 비밀이라며, 재미있는 이야기를 해주겠다며 자신의 농사법에 대해 이야기했다.

어느 소설가에게서 그런 이야기를 들은 적 있다. 소설가가 사는 마을은 싸움이 잦고, 시인이 사는 마을은 감동이 잦다. 소설가 마을에 사는 이들은 사람들의 본성을 들여다보는 소설을 읽으며 주위 사람이 책 속 등장인물 같아 흘겨보게 되고, 시인의 마을에 사는 이들은 무심코 지나쳤던 주변 풍경에서 시인의 시선을 발견하고 감동하게 된다는 것이다. 논과 밭에서 자연의 섭리를 읽어내는 농사짓는 철학자 농부 홍순영의 울타리에는 일의 즐거움이 풍성하다. 홍순영 씨에게 농사일은 고된 노동이 아니라 즐거운 실험이다.

"일해 보면 참 재미있어요. 어떤 사람들은 급하다고 하지만. 급하다고 말하는 건 진짜로 급한 거 아니거든요."

사소한 일들에서도 의미를 발견하고 재미를 느끼는 그의 시선이, 태도가 주변 사람들에게도 자연스레 스며든다. 신기하게도, 아니 어쩌면 당연하게도 농사가 '재미있다'는 이야기는 그의 딸과 아들의 입에서도 똑같이 들을 수 있었다.

"조금 힘든 건 없지 않아 있는데 일이 재미있어요."

일이 힘들지 않냐고 묻자 돌아온 진주 씨의 대답이었다. 가지 않은 길이 아름다워 보이고, 해보지 않은 일이 재미있어 보이는 것이 사람 마음이다. 지금 하고 있는 일에도 장점이 있고, 적성에 맞는 부분이 있을 텐데 여기저기 기웃거리다 뒤늦게 후회하는 사람들이 많다. 재미를 느낄 수 있는 일이 있다는 것, 그것을 과거형이 아닌 현재형으로 자신 있게 이야기할 수 있다는 것만으로도 이십 대에 해야 할 일을 이미 충분히 해놓은 것임을 그는 알고 있을까?

한 직장은 물론, 한 가지 직업을 평생 이어가는 사람이 드문 시대이다. 대를 이어 하나의 일을 이어가는 가족을 보며 우리에게 '일'이란 무엇인지 다시 한번 생각하게 된다. 자신의 생을 걸고, 가족의 내일까지 쏟아붓는 일이 가업이다. 지금 자신이 하는 일에 그만큼의 가치와 즐거움을 발견한 이가 과연 얼마나 될까?

즐거움의 힘으로 진주 씨와 기표 씨가 가족과 함께 만들어갈 내일이 진심으로 궁금하다.

전라남도. 구례. 농부.

"농사는 결국 흙하고 싸워 나가야 하는데,

싸우기 전에 사랑하면서 이겨 나가야 하는 것입니다.

일도 힘들다고 하면 안돼요. 즐겁게 해야 하는 것이지.

자식새끼, 손주들 크는 것하고 똑같습니다.

자라는 거 보는 일이 즐거운 거예요.

지금은 이것저것 가르쳐 주지만

결국 저희들이 스스로 느끼고 자립해야지요.

그럴 거예요."

중학교를 중퇴하고 일을 시작하여, 열일곱에 마을 정미소를 운영하고, 열아홉에 농사지을 땅을 마련했다. 농사에 희망이 있다고 믿고, 농부가 그 어떤 직업과 견주어도 모자람 없는 좋은 직업이라고 믿는다. 농약 중독으로 쓰러진 후 친환경 농법을 연구하기 시작, 이제는 단연 최고 수준의 기술과 실력을 갖추었지만 여전히 새로운 도전과 실험을 멈추지 않는 대한민국 대표 농부다.

홍순영(56세)
1대 농사 40년
순영농장
농부

글 백창화
사진 이진하

—
서울. 송파. 떡 기능인.
—

아버지. 김순배.

어머니. 전성례.

딸.　　 김진희. 김지연.

"아직 어린 나이에 부모님 아래서
사업을 한다는 건 커다란 축복입니다.
누구보다 나를 믿어주고 나의 성장을 지지하는
부모님을 통해 내가 꿈꾸는 모든 것들을
용기 있게 시도하고, 모험할 수 있으니까요.
설령 실수하거나 실패하더라도
비난보다 격려하는 가족들과 함께라면
언제까지나 자신 있게 두려움 없이 나의 길을
갈 수 있을 것 같습니다."

김진희(23세),
김지연(22세)
2대. 가업 승계 4년
시루가
떡 디자인과 제작,
온라인 마케팅
www.siruga.co.kr

부모님이 떡집을 창업했을 때, 고등학생이던 두 딸들이 도왔다. 마침 고30이던 큰딸 진희 씨는 졸업 후 진로를 고민하던 터라 부모님을 도와 떡 만드는 일을 해보자고 마음먹었다. 사업을 함께한 지 4년, 시루가의 떡 디자이너로서 재능을 발휘하며 젊은 소비자들의 호응을 얻고 있다. 둘째 딸 지연 씨 역시 졸업 후 자연스레 직원으로 합류했다. 그가 관리하는 홈페이지와 블로그가 젊은 네티즌들에게 화제를 모으며 시루가의 홍보 마케팅에 큰 힘이 되고 있다. 아직 20대 초반인 두 자매는 앞으로 공부를 계속하여 한국의 전통 떡맛을 이어가는 전문인이 되고 싶은 꿈을 갖고 있다.

서울. 송파. 떡 기능인.

서울. 송파. 떡 기능인.

서울. 송파. 떡 기능인.

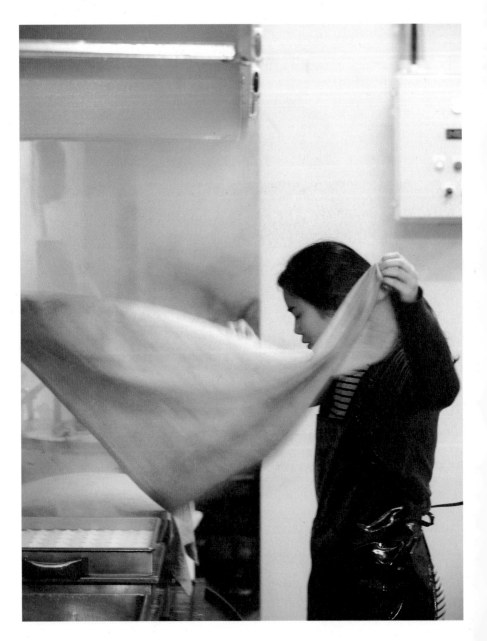

서울. 송파. 떡 기능인.

우리 맛의 전통을 지켜나가는
스무 살 떡집 자매

예부터 '밥 위에 떡'이라는 말이 있을 만큼 떡은 우리나라 사람들의 삶과 밀착해 있다. 아기가 태어나면 대문에 금줄을 걸고 탄생을 알렸고 삼칠일이 되어 금줄을 뗄 때 옛 어른들은 백설기를 했다. 흠 없고 완전하게 산모와 아기를 지켜달라는 기원의 의미가 담겨 있었다. 백일에는 붉은 수수경단을 해 이웃들과 나눠 먹었고, 돌이 되면 장수를 기원하며 백설기와 수수경단을 했다. 아이가 서당에 다니며 책 한 권을 뗄 때면 책례라 하여 오색송편을 돌렸고 혼례 때도, 회갑 때도, 삶이 다하고 나면 제례 때도 상에는 반드시 떡이 올라왔다.

떡은 우리에게 단순한 먹거리가 아닌 삶의 한고비를 넘길 때마다 통과의례처럼 삶에 밀착한 음식이다. 그러나 지금, 떡은 옛날만큼 각광받지 못한다. 쌀 소비량은 줄고 젊은이들은 밥보다 빵을 먹고, 중요한 의례 때 떡보다 빵과 케이크를 놓는 일이 늘고 있다.

이렇게 전통이 점점 스러져가는 시대에 이십 대 초반 아직 소녀 같은 두 자매가 우리 떡을 지키겠다고 나섰다. '시루자매의 마음을 담은 떡 이야기'라는 인터넷 블로그에는 두 자매가 손수 만든 갖가지 모양의 예쁜 떡 사진이 올라와 있고 이들 자매에게 떡을 주문한 이들의 다양한 사연들이 소개되어 있다. 블로그를 보면서 신세대들은 깜찍한 떡 모양에 반하고, 그런 떡을 주문한 이들의 사연과 그들을 위해 정성스레 떡을 빚는 아름다운 두 자매에 반한다. 빵이라면 모를까, 아무래도 떡과는 영 어울릴 것 같지 않은 스무 살 초반 자매의 떡 빚는 일상에 십 대, 이십 대 네티즌들은 수십 개의 덧글로 공감을 표시하고 있다. 젊은이들에겐 사라져 가는 우리 문화 정도로 변해가고 있는 떡 문화를 신세대 감성으로 새롭게 전파시키고 있는 이들. 이쯤 되면 시루자매의 떡은 단순히 떡을 넘어 새로운 맛의 공감을 일으키는 문화 전령사라 해도 무방할 것이다. 김진희, 지연, 아직 어린 이들이 떡과 관련된 일을 하게 된 이유는 무엇일까?

부모님의 떡집으로 출근한 여고생 딸

"몇 년 전에 부모님께서 떡집을 창업하셨어요. 떡집이라는 게 이른 새벽에 일을 시작해서 오후 늦게까지 작업을 해야 할 정도로 일이 많고 자질구레한 일손도 많이 필요한 일이더라고요. 게다가 매장이 없이 인터넷으로만 주문 판매하는 떡집이다 보니 컴퓨터를 다

뤄야 할 일도 많아서 자연스럽게 부모님을 돕게 되었어요."

큰딸 진희 씨도, 둘째 지연 씨도 처음부터 이 일이 내 일이라는 생
각으로 시작하진 않았다. 부모님이 힘들게 일하시는 게 안타까워
서 일손을 돕게 되었고 부모님과 함께 일을 하다 보니 의외로 즐겁
고 재미났다고 한다. 하지만 둘이 재미를 느끼는 지점은 조금씩 달
라서 진희 씨는 직접 떡을 만들고, 새로운 떡을 개발하고, 연구하
는 일이 좋았다. 어려서부터 미각이 남다르고 손재주가 많아 어머
니로부터 요리사가 되면 좋겠다는 말을 많이 듣고 자랐던 진희 씨
다. 마침 고등학교를 막 졸업한 때여서 부모님이 창업을 했을 때부
터 사업 파트너로 일을 같이 시작한 창업 동료가 되었다.

동생 지연 씨는 부모님이 떡집을 창업했을 때 고등학생이었다.
원래부터 대학에 진학할 마음이 없어서 고등학교를 졸업하면 곧장
취업을 하려 생각하고 있던 참이었다. 그런데 부모님과 언니가 모
두 꼭두새벽부터 일어나 일을 나가는 걸 보면서 자연스럽게 일을
돕게 되었다. 새벽 일찍 가족들과 같이 일어나 떡집으로 출근을 했
고 일을 돕다가 8시면 학교에 갔다. 덕분에 수업시간에 간혹 졸기
도 했지만 힘들다거나 안 하고 싶은 생각은 없었다고 한다. 가족들
이 힘들게 일하는데 돕는 게 당연했고 사업이 잘 되면 가족들과 함
께 기쁨을 나누는 게 그저 즐거웠다.

떡집 일을 하면서 지연 씨는 본인이 늘 해오던 대로 인터넷을 통

해 소통을 시작했다. 블로그를 만들고 거기에 떡집 이야기들을 올렸다. 아빠와 언니가 만든 예쁜 떡들을 사진 찍어 올렸고 십대 소녀다운 발랄하고 경쾌한 이야기를 남겼다. 자신의 일상을 표현하는 개인 블로그에 사업 이야기가 자연스레 결합되었고 누리꾼들에게 호응을 얻으면서 떡집을 널리 알리는 데 큰 역할을 했으니 처음엔 그저 부모님을 돕는 보조 일꾼에 불과했지만 시간이 지나면서 마케팅 담당자로 자연스레 자리를 잡았다. 고등학교를 졸업할 무렵엔 지연 씨 없이는 홈페이지 관리가 안 되는 상황이었고 당당히 가족들의 사업 파트너로 이름을 올렸다.

'시루가'는 이렇게 부모님과 두 자매가 구성원인 한 가족이 운영하는 인터넷 떡집이다. 손님을 상대하는 오프라인 매장 없이 작업장만 갖추고 있는 신개념 떡집, 모든 주문은 인터넷이나 전화로 받고 떡이 나오면 오토바이 배송으로 고객에게 전달한다. 인터넷 홈페이지에는 주문 가능한 떡의 종류와 내용, 가격이 상세히 나와 있어 이를 보고 원하는 제품을 주문하면 된다. 떡은 동네 떡집에서 사먹는다는 고정관념은 이미 깨어진 지 오래, 요즘은 인터넷 떡집이 성황이다. 고객들은 대부분 직장인들.

관리자가 이십대 여성이다 보니 공감대가 있어서일까, 연예인 팬클럽에서 오는 주문도 많아서 '스타연예인 떡' 주문 코너가 따

서울. 송파. 떡 기능인.

로 있을 정도다. 가수 윤종신 생일 축하 떡, 이승기를 위한 승기데이 떡, 박유천 드라마 축하 떡, 백청강 음반 축하 떡 등 연예인 떡은 팬들이 원하는 사진과 캐리커처 등을 응용한 다채로운 모양으로 디자인해 팬들이 원하는 곳으로 배송한다.

이외에도 떡이 쓰이는 곳을 일일이 열거할 수야 없지만 개업떡, 간식떡, 이바지떡, 합격떡, 기업행사떡, 답례떡 등 시루가의 주문 내역을 들여다보고 있노라면 점점 사라져가고 있다고는 하지만 우리 사회에서 여전히 떡은 의미 있는 날에 무엇보다 사랑받는 아이템임을 알 수 있다.

신선한 떡을 위해 포기한 새벽잠

시루가의 하루는 동이 트기 전, 별도 없는 캄캄한 새벽에 시작된다. 새벽 4시. 가장 먼저 아침을 깨우는 사람은 아버지 김순배 씨. 뒤를 이어 누가 먼저랄 것도 없이 어머니 전성례 씨가 몸을 일으킨다. 부부가 씻고 준비를 다 마치고 나면 이어서 딸을 깨우는 소리. 어머니와 아버지가 준비할 동안 조금이라도 더 잠을 재우고 싶은 맘에 딸의 방을 두드리는 엄마의 노크 소리는 조심스럽기만 하다. 지난밤 늦게까지 새로운 떡 디자인을 개발하느라 밤잠을 설친 큰 딸 진희 씨는 더 자게 두고 둘째 지연 씨만이 일어나 부모님과 함께 집을 나선다.

걸어서 5분 거리인 작업장 시루가의 문을 열면 주저할 틈조차 없이 하루가 시작된다. 아버지가 오늘 만들 떡의 재료들을 준비할 동안 지연 씨는 컴퓨터를 켜고 홈페이지부터 챙긴다. 밤새 새로운 주문은 없었는지, 주문 변경이나 취소는 없는지, 기타 추가 문의는 없었는지 꼼꼼이 확인하고 최종적으로 그날의 작업 주문서를 프린트한다. 오늘 하루 맞춰줘야 할 주문량은 80kg 쌀 두 가마 분량, 떡시루 50판 가량을 쪄내야 하는 분량이다.

작업대 앞에 놓인 주문서에는 시간대별로 오늘 나가야 할 떡이 순서대로 기록되어 있다. 행사 떡케이크 4m 크기는 양재동, 설기와 두텁떡으로 구성된 소담8호 세트 40개는 도봉구 방학동, 설기에 하트 무늬가 있는 소담1호 세트 250개는 과천시 중앙동…….빼곡히 적혀있는 주문지를 따라 주 기능장인 김순배 씨의 손과 눈이 바쁘게 움직인다.

동시에 여러 개의 시루에 쌀을 앉히고, 일정 시간이 지나 시루에 김이 오르기 시작하면 여기저기서 타이머가 울어댄다. 뜨거운 김이 오르는 시루떡이 알맞게 쪄진 상태로 계속 나오고, 떡이 한김 식고 나면 어머니 전성례 씨의 지휘 아래 한 입에 먹을 수 있도록 작게 자른 떡을 직원들이 작업대로 옮겨 포장을 시작한다. 이때는 딸 지연 씨도 컴퓨터 앞에 가만 앉아 있을 수 없다. 일손을 도와

서울. 송파. 떡 기능인.

가며 사이사이 오늘 사용할 떡 포장상자를 개수 맞춰 접고 상자에 소포장한 떡을 담는다. 그러고 나면 퀵 서비스 요청. 아침 8시부터 떡집 시루가에는 퀵 서비스 기사들이 부지런히 드나들며 당일 아침 갓 쪄낸 신선한 떡들을 전국으로 배송하기 시작한다. 서울과 수도권은 오토바이 퀵으로, 지방의 경우에는 버스터미널에서 버스 배송으로 고객들에게 전달한다.

"회사에서 답례 떡이나 기념 떡을 주문하는 경우가 많다 보니 아침 9시까지 떡을 배송해달라는 요청이 가장 많아요. 시간에 맞추자면 새벽 4~5시 출근이 불가피하고요, 9시에 1차 배송이 나가기까지는 잠시 쉴 틈도 없다고 보면 돼요. 일이 많으면 밤을 새기도 하구요"

그때까지 아침 식사는커녕 자리에 잠시 앉아 볼 새도 없다는 게 전성례 씨의 말이다. 대개의 경우 10시나 11시 정도 되어야 1차 오전 배송이 끝나기 때문에 그제야 뒤늦은 아침밥을 먹기 일쑤. 주문이 많은 날에는 이조차 먹을 시간이 없어 끼니를 놓칠 때도 많고 그 때문에 식사시간이 일정하지 않은 게 가장 어려운 점이다. 그러나 고객과의 약속이 우선이기에 무슨 일이 있어도 원하는 시간에 배송을 맞출 수 있도록 떡을 찌고 포장해서 내보내는 일에 소홀함이 없다.

이런 어려움 때문에 다른 떡집에서는 흔히 전날 혹은 여러 날 전에 미리 만들어 냉동고에 넣어놓고 당일 아침 해동해 배송하는 경우가 많다고 한다. 그러나 시루가는 반드시 당일 만들어 납품하는 것을 원칙으로 삼고 있다. 힘은 들지만 떡의 신선도와 맛에 차이가 나기 때문에 그걸 포기할 수는 없다.

새벽 4시부터 시작한 하루 일과가 거의 끝나는 시간은 오후 3시경. 잠시도 쉴 틈 없었던 부모님과 둘째 지연 씨는 마지막 작업장 정리를 하고 있고, 늦은 아침잠을 즐기고 뒤늦게 합류한 첫째 진희 씨는 그때부터 새로운 떡 디자인을 시작한다. 밤새 도안해놓은 디자인을 갖고 재료들을 펼쳐놓은 채 작은 시루 하나씩 떡을 쪄내며 맛과 모양, 재료의 조화를 살펴본다. 시루가 공식 떡 디자이너인 진희 씨, 그러나 기술력은 아직 아버지를 따라가기엔 부족하다. 전문가인 아버지에게 조언을 구해가며, 머릿속에서만 구상했던 맛과 모양을 어떻게 잘 재현할 수 있을지 연구에 연구를 거듭한다.

이렇게 온 가족이 하루 일을 마치고 나면 저녁만큼은 한자리에 모여 앉아 이야기를 나누며 편안하게 먹는다. 물론 아직 젊은 두 딸은 여전히 에너지가 넘쳐 일과를 마친 오후 시간 함께 쇼핑을 가거나 영화를 보거나 친구들을 만나러 나가는 등 자신만의 여유와 휴식을 찾아 나서기도 한다. 시루가의 창업자이자 운영자인 부부 김순배, 전성례 씨는 그때야 비로소 온몸 죽 뻗고 고단한 하루에

서울. 송파. 떡 기능인

마침표를 찍는다.

딸들의 미래까지 생각한 창업

"떡집을 하게 된 건 우연이었지요. 지인이 떡집을 운영하고 있는데 가만히 옆에서 보니 전망이 나쁘지 않고 가족들이 안정적으로 먹고 살 만한 업종이겠다 싶었어요. 아내가 한번 해보자고 적극 권유를 했지요."

김순배 씨는 젊어서부터 여러 종류의 직종을 거쳐 왔지만 안정된 성공을 이루지는 못했던 터였다. 본인이 갖고 있는 자격증만도 여럿으로 다양한 분야에서 엔지니어로 일을 했다. 그러나 사업 운이 잘 따라주지 않은 탓일까, 기술은 늘 좋다고 평가 받았어도 사업은 제대로 성공해보질 못했다. 집안 형편은 넉넉하지 못했고 가장으로서 언제나 미안한 맘이 앞섰다. 그러다 부인 전성례 씨의 제안으로 떡집 창업을 생각했다.

"나이가 많아서 새로운 사업을 시작하게 되니까 무엇보다도 아이들의 장래에 도움이 될 수 있는 사업을 해야겠다고 생각했어요. 사업 시작은 우리가 하지만 장래에 딸들이 함께하며 자신들의 미래를 개척할 수 있는 그런 일이 없을까 하는 생각을 많이 했죠."

창업 업종을 결정할 때 전성례 씨에게 가장 중요했던 건 직업의 전망이었다. 지금 당장 가족들이 먹고 사는 것만 생각하자면 어떤 것이든 개의치 않고 시작할 수 있지만 이왕이면 자식들의 미래에 도움이 될 수 있는 직종을 찾고 싶었다. 여기엔 평소 아이들을 키워왔던 교육관이 중요한 역할을 했다.

전성례 씨는 아이들이 어렸을 때부터 공부만을 고집하는 교육을 하지 않았다.

"요즘 공부 잘해서 좋은 대학을 나와도 취직하기가 쉽지 않고 설령 좋은 회사에 취직한다고 해도 살아남기 위해서는 피 말리는 경쟁을 해야 하잖아요. 우리 아이들이 그런 사회 시스템에 들어가는 걸 원치 않았어요. 그보다는 본인이 잘하는 일을 택해 평생 자기가 즐거워하고 성취감을 느낄 수 있는 직업인으로 성공했으면 하는 바람이 있었지요."

이들 부부는 결혼한 지 10년 만에야 첫 딸을 갖게 되었다. 이어서 연년생으로 둘째 딸을 낳고 보니 이들에게 두 딸은 그야말로 보석 같은 존재였다. 아이를 낳기 전에는 직장 여성이었던 전성례 씨는 아이를 낳은 뒤부터는 무조건 아이들과 함께 시간을 보내며 집 안에서 딸들을 양육하는 데 모든 시간과 정성을 쏟았다. 그렇다고 돈을 많이 들여 특별한 사교육을 시킨 것은 아니다. 다만 언제나 함께 있으며 아이들에게 집이 편안한 휴식처가 될 수 있도록 했다. 특히 딸들이어서 일상의 소소한 일들을 공유하고 친구처럼 수다를

서울. 송파. 떡 기능인.

떨면서 많이 공감하고 이야기를 들어주었다.

"우리 아이들은 초등학교에 다닐 때부터 요새 애들 같지 않다는 얘길 많이 들었어요. 항상 예의 바르고 착하고 부모님이나 선생님 말에 잘 순종하는 아이들이었어요."

아버지 김순배 씨는 특별히 가훈 같은 것을 정해놓지는 않았지만 '자식은 부모에게 순종하고, 부모는 사랑으로 훈육하며 하나님의 의에 따라 살라'는 성경 말씀을 항상 가정을 이끌어가는 중심으로 삼았다.

아이들이 중고등학교에 다닐 때 집안 경제는 넉넉하지는 않았지만 이 때문에 주눅 들거나 부모를 원망하는 말은 들어보지 못했다. 언제나 밝고 착한 아이들이었다. 물론 중학교 시절에는 사춘기를 거치면서 여느 청소년들처럼 부모에게 반항도 하고 심술도 부렸지만 가족을 고통스럽게 할 정도로 큰 갈등이나 어려움은 없었다.

돈과 물질이 마치 인생 전체를 결정짓는 것처럼 중요하게 여겨지는 세상에서, 그리 넉넉지 않게 살았고 부모로서 아이들에게 물려줄 재산이 없었기 때문에 이들 부부는 특히 아이들의 장래와 직업에 대해 많이 고민했다. 남들이 모두 간다는 이유로 대학을 갈 필요는 없다고 생각했다. 아이들이 간절히 원한다면 보내겠지만 그렇지 않다면 일찍부터 진로를 개척하는 편이 낫다고 생각했다. 학벌보다는 전문성이나 기술이 더 중요한 세상이 올 거라고 믿었다. 그래서 늘 아이들을 눈여겨보면서 두 딸의 장점과 개성이 뭔지 파악해 어떤 직업군이 어울릴지 고민했다.

큰딸 진희는 어렸을 때부터 유난히 미각이 뛰어나고 손재주가 좋았다. 초등학교 때도 손님들이 오면 과일을 무척 예쁘게 깎아서 가지런히 담아내서 사람들이 깜짝 놀랄 정도였다. 어느날 전성례 씨는 텔레비전을 보다가 어린 자녀가 요리에 소질이 있어 학교를 그만두고 요리학원을 보냈다는 어떤 부모의 인터뷰를 보았다. 부모도, 아이도 만족하고 행복해 하는 모습을 보곤 바로 저거다 싶었다. 딸에게 요리학원에 다녀보겠냐고 권유하기도 했지만, 그때는 진희 씨가 관심을 보이지 않아 그냥 지나쳤다. 하지만 맘속에 생각은 늘 품고 있었다. 떡집을 창업할 때 전성례 씨는 처음부터 이런 큰딸을 염두에 두었다. 떡집은 딸의 적성을 살리면서 딸이 평생 직업으로 가져도 좋을 만한 일이라는 생각이 들었다. 사업을 시작하고, 엄마가 생각했던 것보다 훨씬 더 즐겁게 일하며 보람을 찾아가는 큰딸을 보고 부부는 비로소 '되었다'고 안심하고 있다.

떡집에 새로운 바람을 불어넣는 어린 딸들

면밀한 시장 조사 끝에 떡집을 창업하기로 하고 김순배 씨는 떡 만

서울. 송파. 떡 기능인.

드는 기술을 배우기로 했다. 주변을 수소문해 떡이 맛있고 장사가 잘 되는 곳을 찾아 기술을 배워보고 싶다고 요청했다. 떡집 사장은 처음에 그를 별로 탐탁지 않게 봤다고 했다. 지금부터 기술을 배워 시작하기에는 떡집 일이 체력적으로 힘도 들고, 김순배 씨의 나이가 너무 많다고 생각했기 때문이었다. 그래도 그의 결심이 굳은 걸 알자 일을 가르쳐 주었다. 급료도 없이 무조건 떡집에 나가 일을 도우면서 어깨너머로 배우는 식이었다. 나이 들어 새로운 일에 적응한다는 건 결코 쉽지 않았다. 기계에 익숙지 않아 크게 부상을 입은 적도 있다. 그러나 멈추지 않았다. 떡 만드는 일이 본인에게 아주 잘 맞는다는 걸 깨달았기 때문이다.

기술을 익힌 뒤에는 창업을 위해 가게 자리를 보러 다녔다. 서초동부터 송파, 강남 일대까지 여러 달 동안 가게를 구하러 발품을 팔고 다녔으나 인연이 잘 닿지 않았다. 그러던 중 우연하게 인터넷 떡집을 창업해보면 어떻겠나 하는 제안을 받았다. 그때만 해도 다소 낯선 개념이었다. 과연 인터넷으로만 떡을 판다는 게 가능할까 싶었지만 소비자들을 대상으로 한 오프라인 매장을 열지 않아도 되니까 초기 창업비용이 저렴하다는 점에 기대를 걸고 모험을 해보기로 했다.

돌이켜 보면 이들 부부가 사업을 시작할 때만 해도 인터넷 떡집이 막 발을 떼기 시작할 때라 경쟁업체가 별로 없어서 사업을 시작할 수 있는 적기였다. 특히 대부분 이름난 전통 떡집 운영자들이 이들 부부처럼 연령대가 높다 보니 인터넷 마케팅에 익숙하지 않았던 것과 달리 시루가는 컴퓨터에 강한 딸들의 도움으로 인터넷 홍보를 적절히 할 수 있어서 초기 시장을 선점할 수 있었다. 물론 그 과정이 쉬웠던 건 아니다.

인터넷 전문 업체의 도움을 받아 떡집을 창업하고 나니 떡집 운영도 서툰 데다 인터넷은 더더군다나 낯선 세계라 힘이 두 배로 들었다. 그걸 지켜보던 딸들이 거들고 나섰다. 큰딸은 원래부터 요리에 관심과 재능이 있었기 때문에 처음부터 창업 동료로 생각했지만 고등학생이던 둘째 딸은 미처 생각하지 않았었다. 그런데 둘째 지연 씨는 스스로 새벽 4시에 일어나 가족들을 따라 나섰다. 식구들이 힘들다고 말렸지만 깨우지 않아도 혼자 일어나 작업장에 따라 나설 정도로 적극적으로 일을 도왔다.

"엄마 아빠가 평생 힘들게 사셨잖아요. 나이도 많으신데 새벽부터 나가서 일을 하시는 게 너무 안쓰럽고 제가 도와야겠다는 생각이 들었어요. 일을 해보니까 별로 힘든 줄도 모르겠고 가족들에게 도움이 된다는 생각에 오히려 기쁘고 그랬어요."

원래부터 뚜렷한 목표 없이 대학을 가는 것은 큰 의미가 없다고 생각했던 터라 고등학교를 졸업하고는 사업에 본격 합류했다.

이렇게 대학 대신 일을 선택한 두 딸과 뒤늦게 인터넷 창업을 시

서울. 송파. 떡 기능인.

작한 부모는 협업을 시작했다. 떡집 일이 워낙 수작업으로 일손이 필요한 업종인지라 가족의 협업은 큰 도움이 되었고 각자 가진 재능대로 기여하다 보니 창업 3년 만에 성공리에 안착할 수 있었다.

이들 가족의 분업은 비교적 뚜렷한 편이다. 아버지 김순배 씨는 떡을 만들고, 큰딸 진희 씨는 새로운 제품 개발과 디자인 개발을 담당한다. 어머니 전성례 씨는 사업 전반에 대한 관리 감독과 재정 관리, 작업장의 소소한 일들을 총괄한다. 둘째 지연 씨는 홈페이지 관리와 배송, 각종 온라인 마케팅, 기업체 주문 관련 미팅 등을 하며 필요한 일손을 보탠다.

"처음엔 전화받는 제 목소리가 어리니까 어른 바꿔라, 남자 바꿔라 하면서 저를 상대하려 들지 않는 분들이 많았어요. 근데 지금은 요령이 생겨서 사무적인 응대를 능숙하게 하니까 절 어리게 보는 분들이 별로 없어요. 이제는 전화 목소리만 들어도 이 사람이 진짜 주문을 할 사람이구나, 그냥 시장 조사하는 사람이구나, 까다롭고 불평이 많겠구나, 무난하겠구나 뭐 이런 분석이 조금씩 되는 것 같아요."

자신이 서서히 '서당개 3년차'가 되어가는 것 같다며 지연 씨는 당차게 웃는다. 성격이 사교적이고 씩씩해서 고객관리와 마케팅 업무가 자신과 잘 맞는 것 같다고 한다. 언니 진희 씨가 새로운 제품을 개발해서 사진을 찍으면 지연 씨는 블로그에 사진과 함께 사연을 올린다. 주문과 가게를 홍보하는 홈페이지가 별도로 있지만 '시루자매의 마음을 담은 떡이야기'라는 블로그에도 정성을 다한다. 일이라기보다는 블로그를 통해 사람들과 소통하는 것이 즐겁기 때문이다.

'자매의 떡이야기' 메뉴는 눈을 호사시키는 예쁜 떡 사진이 한가득이다. 세상에서 제일 맛있는 떡을 만드는 게 목표라는 당찬 구호와 함께 결혼하는 신랑 신부에게 답례품으로 권하는 떡 세트를 소개하기도 하고, 갓 쪄낸 떡을 잘라내 속을 보여주면서 어떤 재료로 만들었는지 요리법도 설명한다. 각 떡마다 식감은 어떤지 고객들의 맛에 대한 평가는 어떤지도 상세히 소개하고 있어서 시루자매의 떡 이야기를 읽고 나면 금방이라도 전화를 걸어 떡을 주문하고 싶은 욕구를 느끼게 할 정도다. 일은 취미처럼 즐겁게 해야 본인도 즐겁고 사업도 성공한다는 성공 매뉴얼 제1장을 그대로 실천한 듯한 모습이다. 처음부터 온라인 마케팅을 염두에 두고 작위적으로 꾸몄다기 보다는 자신들의 일상 속에 직업의 세계를 녹여낸 진솔한 이야기가 누리꾼들에게 호응을 받았다는 게 더 정확할 듯 싶다.

진희 씨는 공부도 열심이다. 공부를 먼저 하고 창업을 한 다른 이들과 달리, 일을 하며 자신에게 부족한 게 뭔지 알아가기 시작했다. 이제 막 일을 시작한 초년병에게 직업의 세계는 냉정하고 배워

서울. 송파. 떡 기능인.

야 할 내용은 많기만 하다. 떡 요리 학원에 다니며 다양한 종류의 떡 만드는 법을 배우고, 특히 파티와 케이터링 분야에 눈을 뜨게 되었다. 디자인도 더 배워야 할 부분이다. 떡 디자인은 물론이고 떡을 담는 용기며 포장까지, 떡의 품질만큼 외형의 디자인도 중요한 시대이기 때문이다. 이를 위해 쉬는 시간이면 짬을 내어 강남이나 홍대 앞에 자주 나간다. 새로운 트렌드를 익히고 소비자들의 욕구를 재빨리 따라잡기 위해서다.

"전통 떡을 계승하는 일도 중요하지만 떡을 멀리하는 젊은 소비자들의 입맛을 이해하는 일도 중요하다고 생각해요. 직장인이나 젊은 사람들은 단 것을 좋아해서 떡 사이에 초콜릿을 넣은 떡을 만들었더니 반응이 정말 좋았어요. 그런가하면 일단 화면에서 사진만 보고 떡을 주문해야 하기 때문에 보기 좋고 예쁜 떡을 만드는 것도 중요하더라고요. 떡에 별 관심없던 사람들이 인터넷에 올린 사진을 보고 '정말 예뻐요', '먹고 싶어요' 라고 말할 때 뿌듯해요."

진희 씨가 요즘 가장 관심을 갖고 있는 부분은 케이터링이다. 떡집이 시장을 창출하는 데 한계가 있다고들 하지만 오히려 고급 떡 시장이나 젊은 사람들이 즐겨찾는 케이터링 시장은 이제 개척 단계라 갈수록 전망이 있을 거라는 판단이다. 특히 직장인을 중심으로 간단한 티파티나 기념 모임 등에 케이터링 시장이 확대되고 있어서 이에 맞는 떡 메뉴를 개발하고 시장을 선점하고 싶다는 야무진 포부를 밝힌다.

땀의 가치를 아는 끈끈한 가족

"대학에 다니거나 일찍 취업해 사회생활 하는 친구들을 보면 다 힘들어하는 것 같아요. 이제 이십 대 초반인데도 꿈과 희망보다 현실에 찌들어 살고 있는 친구들도 많고요. 그럴 때마다 내 선택이 옳았다는 생각이 들어요."

지연 씨는 부모님 아래에서 일을 배우고 사회 경험을 쌓을 수 있는 게 행운이라고 한다. 직원이라고 자신을 함부로 대하는 일도 없고, 언제나 가르쳐주고 배려하면서 일을 할 수 있게 도와주는 상사가 어디 흔하겠냐며 친구들이 모두 부러워한다고. 남들은 새벽부터 나가서 하루 종일 일하는 게 힘들지 않냐고도 하지만 습관이 되어서 그런지 크게 힘들다는 생각이 들지 않는다. 어쩌면 아직 한계라는 걸 모르는 젊은 체력 때문인지도 모른다. 바쁠 때 눈코 뜰 새 없지만 어쨌든 직장인처럼 출퇴근 시간에 매이지 않고 필요할 때면 시간을 자유롭게 쓸 수 있는 것도 장점이다. 무엇보다 또래 친구들에 비해 당당하게 일하고 자신만의 경제력을 가질 수 있다는 점이 정말 좋다.

이들 자매에게 공식적인 월급은 없다. 대신 인터넷 주문 및 매출

서울. 송파. 떡 기능인.

관리를 지연 씨가 하기 때문에 재정상황은 모든 식구에게 투명하게 공개된다. 얼마만큼 벌고 있는지를 모두가 알기 때문에 그에 맞춰 각자 필요한 돈을 쓰는 방식으로 월급을 지불하는데, 필요한 용돈은 부모님의 간섭 없이 대부분 자유롭게 지출할 수 있어서 쇼핑이나 취미 생활에 여유가 있는 편이다. 온종일 힘들게 일하는 딸들이 안쓰러운 부모님들은 딸들이 원하는 만큼 충분히 용돈을 쓸 수 있도록 배려한다. 그렇다고 해서 두 딸이 돈을 펑펑 쓰는 걸 본 적은 없다. 직접 벌어서 쓰기 때문에 누구보다 돈 무서운 걸 알게 되었고 쓰는 재미보다 모으는 재미가 더 크다는 것도 알기 때문이다. 이게 바로 부모님한테 용돈을 타서 쓰는 또래 친구들과 가장 다른 점이기도 하다.

"어떤 이들은 딸들이 너무 안됐다고 해요. 왜 예쁘고 어린 딸들에게 이렇게 힘든 일을 시키냐고요. 하지만 언제가 됐든 독립해 인생을 살려면 반드시 고생하면서 일을 배우는 과정이 있어야지요. 이왕이면 남들 밑에서 험한 꼴 당하기보다는 자기를 진심으로 사랑하는 부모 밑에서 일과 인생을 배울 수 있으면 그게 더 좋다고 생각했어요."

전성례 씨는 젊어 고생은 반드시 해야 하는 과정인데 이왕이면 그 과정을 충실히, 그리고 빨리 거쳐서 한 분야의 전문가가 되어 자신의 일을 여유있게 즐길 줄 아는 사람으로 딸들을 키우고 싶다고 했다. 지금은 비록 하루 종일 햇볕도 들지 않는 지하 작업장에서 떡시루와 씨름하지만 이렇게 앞으로 5~6년만 더 일하고 나면 전문가가 될 것이고, 그때가 되면 남들보다 빨리 생활의 안정을 찾고 자신의 삶을 즐길 수 있게 될 것이라고 확신한다.

이왕이면 딸들이 그런 시기를 앞당길 수 있도록 부모로서 최선을 다해 이 사업을 키우는 것을 과제로 삼고 있다. 그렇다고 해서 거대한 성공을 꿈꾸는 건 아니다. 작은 사업장이라도 온 가족이 행복하게 자신의 삶에 성취감을 느끼면서 경제적인 어려움 없이 잘살 수 있는 그날이 이들 가족이 그리는 소박한 미래다.

아직 딸들은 어리고, 이들의 인생은 몇 번이라도 바뀔 수 있을 것이다. 지금은 즐겁게 이 일을 하고 있지만 전혀 다른 방향으로 직업을 바꿀지도 모른다. 그렇더라도 지금 부모님과 함께 일을 배우고, 사업을 배우고, 삶을 배워 나가는 이 과정은 딸들에게 무엇보다 소중한 인생의 자산이 될 것이라 확신하고 있다. 그렇기에 새벽 4시, 비록 고단하지만 매일 아침 잠자리에서 눈을 뜨는 일이 결코 고통스럽지 않다. 자녀들의 행복한 미래에 대한 확신과 신념이 있는 한 전성례, 김순배 부부의 현재는 행복하고 또 충족하다.

"스트레스 없는 삶이 어디 있겠어요? 힘든 일이 없다고 하면 거짓말이죠. 근데 진짜로 이 일을 하는 게 무척 행복하고 좋아요. 엄

서울. 송파. 떡 기능인.

마 아빠와 같이 일을 하니까 혹시 실수가 있어도 크게 걱정되지 않고요, 일하면서 엄마하고 언니하고 이런저런 수다를 떨다 보면 힘든 작업도 금방 지나가는 것 같아요. 대학을 다니거나 좋은 직장에 취직한 친구들이 하나도 부럽지 않아요. 오히려 친구들이 절 부러워하죠. 그냥 지금처럼 가족들하고 오래오래 행복하게 같이 살면서 열심히 일하고 싶어요. 지금보다 직원이 조금만 더 늘어서 일만 조금 줄어들면 바랄 나위가 없죠."

지연 씨는 아직 구체적으로 장래에 대한 꿈을 꿔보지는 않았다. 그냥 지금이 좋고, 지금처럼 열심히 살다보면 다가올 내일도 좋을 것이라 생각하는 단순 명쾌한 신세대다.

"하고 싶은 건 무지 많은데 아직 떡 만드는 기술도 부족하고, 디자인이나 마케팅 같은 것도 그렇고 배워야 할 게 많아요. 새로운 걸 배울 때마다 정말 좋고, 내가 배운 걸 현장에서 금방 응용해서 새로운 제품을 만들고 고객들한테 즉각 반응을 얻을 수 있으니까 그냥 학교나 학원만 다니는 친구들보다는 실력이 훨씬 빨리 발전하는 것 같아요. 앞으로는 더 넓은 세상에서 공부도 더 많이 해서 우리 전통 떡을 글로벌 상품으로 만드는 일까지 할 수 있다면 얼마나 좋을까요."

진희 씨의 꿈은 구체적이고 또 미래를 향해 열려 있다. 부부는 두 자매가 자기 성취를 할 수 있도록 끝까지 뒷받침하고 싶다.

"딸들에게 항상 돈을 먼저 생각하지 말라고 가르치고 있어요. 지금은 우리 모두 배워야 할 때라고요. 돈을 주고도 배울 것을 돈을 벌면서 배우고 있으니 매출을 많이 올리려고 애쓰지 말고 내가 하고 싶은 걸 먼저 하라고 늘 말합니다. 아직은 딸들이 나이가 어려서 걱정되는 점도 많은 게 사실이에요. 하지만 둘 다 나이 스물다섯이 넘으면 자유를 좀 더 많이 주고 싶어. 해외에도 내보내서 넓은 견문을 익히도록 해주고도 싶고, 많이 보고 많이 배우고 와서 진정한 전문 직업인이 되었으면 하고 바라지요."

전성례 씨는 딸들과 같이 일을 하면서 무엇보다 딸들과 많은 대화를 나눌 수 있어서 좋다고 한다. 부모지만 때론 인생의 선배로 때론 누구보다 친한 친구로 서로의 비밀스런 면까지도 함께 나눌 수 있는 진정한 삶의 동반자가 되고 있다는 사실이 기쁘다.

"지난 세월을 돌이켜 보면 어려웠던 시간이 많았지만 그때의 고생이 지금 우리 가족을 있게 했다는 생각이 들지요. 가장은 가족을 늘 책임져주고 이끌어야 하는데 그걸 하지 못해 항상 미안했습니다. 이제 그 책임을 다하고 가족들과 안정된 시간을 보내니 좋습니다. 만일 이 사업을 혼자 했다면 실패했을 것 같아요. 하지만 지금 하루 열다섯 시간 이상을 일해도 고달프지 않은 건 옆에 늘 아내와 아이들이 있기 때문이라 생각합니다. 가족과 무언가를 같이 하고, 또 같이 이뤄낸다는 것, 그건 정말로 보람된 일이라는 걸 깨닫고 있습니다."

김순배 씨는 많은 젊은이들이 취업이 안돼 절망하고 있는 현실에서 막연히 머릿속으로만 꿈을 그리지 말고 험한 일이라도 현장 속으로 뛰어 들어 삶의 경험을 쌓아가려는 노력을 좀 더 했으면 좋겠다고 조언한다. 길 위에서 꿈을 찾고, 삶의 현장에서 미래를 만들어가는 열정과 노력이 오늘날 젊은이들에겐 보다 더 필요하다는 생각이다.

우리가 '가업'에 주목하는 건 어쩌면 이 시대 잃어가는 가족의 가치를 다시 한번 짚어볼 수 있는 계기이기 때문이다. 시대는 변하고, 가족은 점점 해체되고 있다. 아버지의 권위는 돈을 벌어다 줄 때 최고조에 이르고, 경제력을 상실하는 순간 땅으로 곤두박질친다. 돈이 곧 선이 되는 황금 제일주의 시대를 살면서 가족의 가치마저도 그가 벌어들이는 돈에 의해 결정되는 세상을 우린 경험하고 있다. 의사인 부모를 따라 의사가 되고, 판검사인 부모를 뒤이어 판검사가 되는 가업 잇기가 결코 존경받지 못하는 시대. 의사도, 판검사도 지금은 본인의 노력이 아니라 부모의 경제력에 의해 만들어지는 세상이기 때문이다. 이런 시대에 부와 계급의 세습으로서 가업 잇기가 아니라, 부모와 자식이 나란히 함께 가는 '동행'으로서의 가업 잇기가 우리에게 주는 울림은 묵직하기만 하다.

부모는 자식의 미래에 디딤돌이 되어주고, 자녀들은 부모에 대한 존경과 믿음으로 기꺼이 동행하는 가업 잇기의 현장. 이곳에서 피어나는 꽃같은 그녀들의 이십 대 시절, 그 반짝거림을 지켜보는 건 커다란 즐거움이다.

서울. 송파. 떡 기능인.

"요즘 세상은 젊은이들이 꿈을 갖기도 힘들고,

꿈을 이루는 건 더 힘든 어려운 시절이지요.

이럴 때 열정을 다해 해보고 싶은 일이 있다는 건

좋은 것 같아요.

두 딸들에게 늘 말하곤 합니다.

세상에 많은 즐거움 중에 돈 버는 즐거움이 크지만

그건 앞으로 얼마든지 경험할 수 있으니

지금은 자신을 위한 투자와 계발을 우선하라고 말입니다.

딸들이 꿈을 향해 날개를 활짝 펼 수 있도록

우리는 든든한 힘이 되어주고 싶습니다."

부부가 함께할 수 있는 사업이 뭐가 있을까 생각하다 주변의 권유로 인터넷 떡집을 창업했다. 인터넷이라는 통로가 젊은이들과 가깝다 보니 어린 딸들의 조언과 도움이 큰 힘이 되었고 결국은 가족 사업으로 확장했다. 네 식구가 각기 적성에 따라 업무를 효율적으로 분담하면서 호흡이 잘 맞아 짧은 시간 안에 자리를 잡았다. 인터넷 떡집의 성공을 바탕으로 오프라인 매장을 준비하는 등 성공리에 사업을 정착해 나가고 있다.

김순배(60세),
전성례(59세)
1대. 창업 5년
시루가 공동 대표
떡 기능인

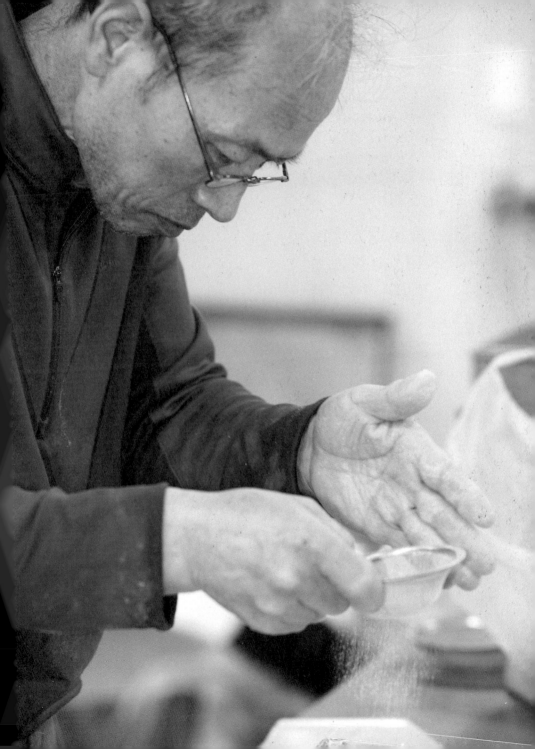

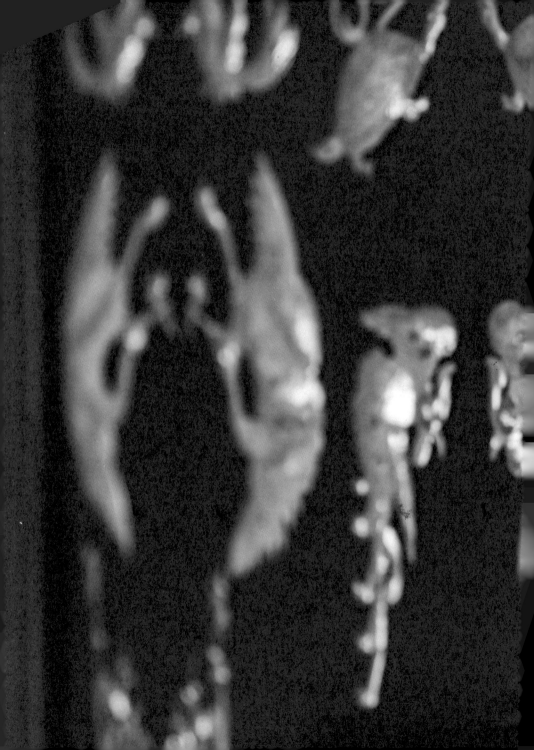

글 정은영
사진 정환정

경상남도 통영. 두석장.

아버지. 김극천.

아들. 김진환.

"어린 시절부터 망치 소리를 듣고 자랐습니다.

어머니 배 속에서부터 들었기 때문인지

그 소리를 들으며 단잠을 잘 만큼

제게는 익숙하고 평온합니다.

할아버지가 아버지와 일하시는 풍경,

함께 일하는 가족의 분주한 일터.

자라면서 늘 보아 온 그 삶에 동참하고 싶었던

마음이 자연스럽게 가업을 잇게 했습니다."

아들 김진환(33세)
5대, 가업 승계 13년
두석장

조선 시대 통영이 삼도수군 통제영과 함께 군사 요충지로 자리하던 시절, 고조할아버지 때부터 4대를 이어온 전통 장인의 집안에서 2남 1녀 중 막내로 태어났다. 어린 시절부터 익숙히 들어 왔던 망치 소리에 더 가까이 있고 싶어서 5대째 가업을 잇기로 결심했고, 문화재관리학과에 진학하여 장인의 삶에 좀 더 다가섰다. 대학을 졸업하고, 본격 수련을 시작했지만 시대가 바뀐 탓인지 주문량이 많지 않아 작업할 기회가 부족한 것이 안타깝다. 그러나 언젠가는 사람들이 전통 예술의 가치를 인정할 날이 다시 올 거라는 희망을 품고 있다.

경상남도. 통영. 두석장.

경상남도. 통영. 두석장.

경상남도. 통영. 두석장.

경상남도. 통영. 두석장.

조선 시대부터 5대를 잇는 가업,
통영의 두석장 가족

바다의 땅, 통영. 인구 14만이 채 되지 않는 작은 도시 통영은 5분만 걸으면 닿을 수 있는 푸른 바다와 섬들로 장관을 이룬다. 마치 바다 위에 보석을 흩뿌려 놓은 듯이 점점이 유랑하며 사시사철 옷 색깔을 갈아입는 풍경들은 통영이라는 곳을 단순한 삶의 공간만으로 바라보는 것에 미안함마저 느끼게 한다. 보통 사람에게도 이럴진대 타고난 감성이 남달라 창작의 열망이 꿈틀대는 이들의 눈에는 어떠하겠는가. 그래서 통영에는 유독 예술가들이 많다. 아니 단순히 많다고 말하기에는 부족할 만큼, 한 집 걸러 한 집에 보통을 넘나드는 쟁이들이 터를 잡고 통영에서의 일상을 채워가고 있다.

관광객들의 발걸음으로는 결코 접할 수 없는 그들의 삶은, 가까이서 들여다보면 볼수록 놀라움과 탄성을 자아낸다. 앞집에서 나무를 다루는 목수 아저씨는 장승을 조각하는 장인으로 더 유명하고, 그 분의 동료 목수는 통영이 낳은 거장 故전혁림 화백에게 그림을 배웠다며 지금도 녹슬지 않은 그림 실력을 자랑한다. 옆집 사는 이웃은 마치 일상의 고단함을 위로라도 하듯 종종 색소폰 라

이브 공연을 내보낸다. 그 아름다운 음색에 동네 사람들은 한동안 일손을 멈추고, 지친 삶을 내려놓는다. 어디 이뿐인가. 자주 가는 김밥집 아주머니는 알고 보니 야생화 전문가로, 온갖 꽃과 나무에 도통한 여인네이고, 그 건넛집 할아버지는 본인이 쓴 평생의 역작 수필 한 권을 붙들고, 언젠가 자신의 이름을 건 문학관을 내는 게 소원이라고 한다. 이것이 통영에서 만날 수 있는 작은 동네 이웃들의 모습이다.

이쯤 되면 도대체 무엇이 그들에게 이토록 남다른 일상을 선물했는지 궁금하지 않을 수가 없다. 진정 호기심이 발동한다면 이제부터 펼쳐 놓을 이야기에 귀를 기울여 볼 일이다. 아주 오래 전, 사극에나 등장할 법한 그 옛날, 이순신 장군과 임진왜란이라는 역사 속 거대한 사건이 남해안을 휩쓸고 간 이후, 그 시절 통영의 일상을 만나보자.

문전성시를 이루던 통영 12공방의 꽃, 두석장

1800년대 조선 시대 통영. 임진왜란 이후 1896년까지 통영은 약 300여 년 동안 전라, 충청, 경상 삼남 지방의 방어를 책임지는 수군의 본영, 군사 요충지였다. 삼도 수군의 중심지라는 것은 항상 전쟁에 대비하여 모든 물자와 재원, 군사들을 먹일 식량 등이 풍족

경상남도. 통영. 두석장.

하게 구비되어 있어야 함을 의미하며 배와 무기를 만들 인프라 역시 갖춰져 있어야 한다. 마을마다 흔히 볼 수 있었던 대장간 역시 농기구뿐 아니라 무기 생산에 더 주력한 곳이 많았고, 전국의 솜씨 있는 대장장이들과 숙련된 기술자들이 일감을 찾아 통영으로 모여들었다. 통제영이 통영으로 거처를 옮기면서 통제사는 아예 전국의 이름난 공인들을 불러들여 12공방을 만들었고, 전국에서도 유례를 찾기 힘든 이 같은 시도는 훗날 중국과 일본에까지 명성을 떨칠 만큼 통영의 문화 예술을 꽃피운 밑거름이 되었다. 전국의 돈 많은 양반가 규수들이 줄을 서며 공방 문턱을 드나들 만큼 통영은 한 시절, 가장 화려한 공예문화의 정점을 찍었다. 그 시절 여인네들의 분첩향 만큼이나 매혹적이고, 은근한 기품에 수려한 꽃과 같은 장식으로 연일 문전성시를 이루던 곳이 바로 통제영 12공방의 석박장에 뿌리를 둔 두석장인의 집이었다.

"내게 먼저 주시오. 내 멀고 먼 평양에서 몇 달을 걸려 이곳을 찾아왔는지. 발이 부르터서 신도 벗어버리고 버선발로 찾아왔음을 모르지 않을 것 아니오."

"무슨 소리, 우리 딸아이 혼사가 코앞인데 우리가 먼저요. 얼마나 더 기다려야 한단 말이오. 내 웃돈 넉넉히 주리다."

"어르신은 어디 계시오? 또 술자리 한판 거하게 하러 가시었소?

오시거든 이번에는 나비 문양으로 만들어 달라 전해주시오. 부귀영화 넝쿨째 굴러오게 크고 근사한 나비 문양이어야 하오."

갓, 자개, 옻칠, 목가구, 발, 금은제품 등 각양각색의 물건을 만드는 통영 12공방 곳곳에 전국 팔도의 지체 높은 가문 부인네들이 줄을 잇는 진풍경을 보는 것은 어렵지 않았다. 드높은 집안의 위세만큼이나 온갖 화려한 문양의 자개장을 주문하는 이들도, 딸아이 시집보낼 때 들려 보낼 소박하지만 멋스러운 통영 소반을 찾는 이들도 있었다. 그러나 여인네들의 가슴을 더 애끊게 만드는 것은 은은하고 기품 있는 광택에 나비, 박쥐, 태극, 물고기 등 2000여 가지에 달하는 각양각색 문양을 섬세한 손놀림으로 완성하는 장석이었다. 수개월에서 길게는 1년을 투자해야 완성하는 화려한 장석으로 치장된 소목장과 문갑, 머릿장, 애기장 등은 최고의 인기 품목이자 미리 예약을 하지 않으면 구경도 하기 어려운 명품이었다. 자개장이나 소목장, 그리고 각종 장신구의 장식으로 사용하며 가구의 완성이라 할 수 있는 장석을 생산하는 공방 한쪽에는 주재료가 되는 주석, 아연, 니켈 등을 배합하기 위해 놋쇠를 녹이고, 백동을 풀무질하는 대장간의 뜨거운 화덕이 달아올랐다. 그 주변을 분주히 오가는 일꾼들은 부지런히 쇠를 녹이고, 매질을 하며 무쇠로 만든 철판을 얇게 펴냈다. 그리고 팔노에서 몰려든 훈련생들과 견습생들이 하루 종일 두들기고, 갈아내고, 구멍을 내고 마름질을 하며

경상남도. 통영. 두석장.

온갖 화려한 장석들을 만들어내느라 구슬땀을 흘렸다. 솜씨 좋기로 유명한 두석장인이 직접 만든 장석은 만들기 바쁘게 팔려나갔고, 밀려드는 주문량에 공급을 제때 맞추기 어려워 끼니도 거른 채 작업에 몰두해야 했다.

무형문화재 64호 김극천에게 대물림 된 통영 예술인의 DNA

이는 비단 두석장 공방 만의 풍경이 아니었다. 수를 헤아리기 어려울 만큼 많은 자개공방이 인산인해를 이루며 전성기를 구가했고, 전국에서 멋쟁이 선비라면 누구나 탐내는 통영갓 역시 날개 돋친 듯이 팔렸다. 그때는 그랬다. 통영은 말 그대로 조선 시대 공예문화의 황금시대를 구축하면서 전국적인 유명세를 자랑했다. 한 시대를 풍미하던 통영 12공방의 후예들 중 많은 이들은 여전히 이곳 통영을 고집하며 그 맥을 잇고 있고, 어떤 이들은 고향을 떠나 전국 각지로 흩어져 다른 삶을 살아가고 있다. 그리고 김극천이 이십대 초반에 통영의 두석장으로서 4대째 가업을 잇게 되었을 때는 조선 시대와 일제 강점기를 거쳐, 경제 성장이 최고의 화두로 대한민국을 휩쓸던 시절, 1970년대였다.

당시 집집마다 자개농 하나는 반드시 구비해야 할 만큼 모든 가정의 필수 품목이던 호시절, 자개와 옻칠, 소목 등 일련의 가구들과 함께 어우러져야 하는 장석 역시 주문이 끊이지 않아 그도 분주한 일터에서 청년기를 보냈다. 그의 스승이자 부친인 3대 두석장 김덕룡은 뛰어난 감각을 자랑하는 이름난 장인이었다. 타고난 장인의 우직하고, 고집스런 면모보다 호탕하게 풍류 즐기기를 좋아하던 아버지는 디자인과 예술 감각이 뛰어난 아티스트였다.

"아버님은 굉장히 낙천적인 분이셔서 주위 사람들에게 인기 만점이었죠. 잠깐 마실 나가실 때도 모자부터 구두까지 색깔을 맞춰 빼입으셔야 문을 나섰고, 구두도 옷 색깔별로 다 맞춰 신으실 정도로 멋쟁이었으니까요. 그렇다고 일을 게을리 하신 적도 없었는데 늘 즐겁고, 밝게 일을 하셨고, 장석 만드는 일을 진심으로 즐기면서 하신 어른이었습니다."

한때 통영에 대궐 같은 집을 두 채나 장만하고, 나전칠기조합 이사장까지 지내며 법 없이도 살만큼 사람 좋고 솜씨 좋은 그의 부친에게 찾아든 일생의 고비는 빚보증이었다. 사람을 쉽게 믿고 보증을 선 것이 화근이 되어 평생을 쌓아올린 재산을 허망하게 하루아침에 날렸지만 전국 최고의 두석장인다운 기개와 호기는 사라지지 않았다. 장석이 좋아서 평생 손에서 놓지 않았던 것인데 돈 좀 잃은 것이 무슨 대수란 말인가. 김덕룡 장인의 목청은 더 높아졌고, 흥은 더 깊어졌다. 그리고 그렇게 배짱 좋은 부친 밑에서 4대 두석장 김극천은 본격적인 훈련을 받기 시작했다.

경상남도. 통영. 두석장.

가세는 기울었지만 여전히 장석의 수요는 많았고, 부친에게 일을 배우려고 몰려든 후배, 제자들도 끊이지 않았다. 그들과 선의의 경쟁을 하면서 밤을 새워가며 기술을 연마하고 주문량을 맞추느라 늘 야간작업을 해야 됐지만 그는 그 시절의 고단함이 오늘날 그를 한국 최고의 두석장인으로 일으켜 세운 자양분이었음을 알고 있다. 그렇게 그는 기울었던 집안을 가업으로 다시 일으켜 세웠고, 그의 피에 대대로 흐르는 통영 장인의 DNA는 이제 그의 아들에게 다시 대물림되고 있다.

5대 두석장인의 길을 걸어갈 김극천의 아들, 김진환

김극천 장인과 비슷한 나이에 두석장으로의 삶을 스스로 선택한 그의 막내아들 김진환. 조선 시대 1대 김보익부터 시작하여 김춘국, 김덕룡, 그리고 김극천에 이어 장인의 혈통을 오롯이 이어갈 5대 두석장인의 이름이다. 갓 대학에 들어갈 무렵 이뤄진 청년 김진환의 선택은 200년 가까이 이어져 온 가업의 계승이라는 점에서 높이 평가해야 할 용감한 선택이지만, 달라진 시대 속에서 결코 녹록지 않은 현실이 그를 기다리고 있음을 아버지 김극천은 알고 있었다. 잘 나가던 부친의 사업을 물려받아 '사장' 소리를 듣고 싶었던 과거의 자신과는 달리 결코 쉽지 않았을 아들의 선택이 그래서

더 대견하고 자랑스럽지만 아들의 미래에 대한 염려는 쉽게 사라
지지 않는다. 사라져가는 옛것에 대한 가치를 점점 소홀히 여기는
시대에 천천히, 느리게 수십 년을 오롯이 한길을 걸어야 할 그의
아들에게 그가 물려줄 수 있는 것은 무엇일까. 그는 아직도 그 답
을 찾고 있는 듯했다.

"아버지에게 장석 일을 배울 때와 지금을 생각하면 상황이 너무
달라졌어요. 솔직히 내 젊은 시절에는 가업을 잇는다는 사명감 같
은 것보다는 워낙 공방이 잘 돌아가고, 일하는 사람들도 수십 명이
나 되니까 큰 회사 사장 하고 싶은 마음에 가업을 이은 것이고, 그
재미는 수십 년 두석장으로 일하면서 뒤늦게 깨닫게 된 것이니 아
들 녀석한테는 부끄러운 일이죠. 근데 이 녀석은 제 앞일은 생각하
지도 않고 가업을 잇겠다고 나서니 걱정이 많습니다. 나는 젊은 시
절 밀려드는 주문으로 많은 작품을 만들면서 기량을 쌓았고, 그러
면서 무형문화재도 되었는데, 지금은 주문이 너무 없어요. 물건을
만들어야 실력도 늘고, 보람도 느낄 것인데 요즘 사람들은 점점 우
리 전통 제품을 찾질 않으니 그게 걱정인 거죠."

달라진 시대, 구시대의 유물이 되어가는 전통
두석장이란 구리와 주석, 또는 니켈 등을 합금해 황동이나 백동의

경상남도, 통영, 두석장.

장식을 만드는 사람을 일컫는다. 목가구의 결합 부분을 보강하거나 여닫을 수 있게 하는 경첩, 자물쇠부터 가구를 더 아름답고 화려하게 꾸밀 수 있는 장식적인 기능을 하는 기물을 통틀어 장석이라고 하는데 두석장은 금속을 두드리고 잘라내 가공하는 사람인 것이다. 보통 1밀리미터에서 6밀리미터에 이르는 백동판에 원하는 그림본을 대고 그림쇠로 힘주어 그린 다음, 작두로 잘라내고, 줄톱으로 오려낸 후 모양에 구멍을 뚫거나 구리나 은사를 박는 등 매질, 칼질, 조이질 ^{백동 등 금속 표면에 무늬를 새겨넣는 작업}, 줄질, 입사 ^{금속 표면에 홈을 내고 다른 금속을 두드려 박는 기법} 등 수백 번의 손질이 필요한 일이다. 두(豆)석장이라는 이름 역시 백동을 만드는 과정에서 모루 망치를 사용할 때 '콩콩'거리는 소리와 함께 튀어 오르는 금석 가루가 콩처럼 노란 색으로 보인다고 해서 붙여진 이름이다.

과거 장석의 주문이 많았던 시절에는 장석 공방에 직접 대장간을 설치해 쇠를 녹이고 가장 적합한 배율로 합금하여 얇은 판으로 펴는 작업까지 일일이 두석장인의 몫이었지만 지금은 공장에서 황동과 백동 등을 원하는 사이즈로 주문만 하면 되니 작업의 공정은 예전보다 편해졌다. 그러나 머릿장 하나에 작게는 수십 개에서 많게는 수백 개까지 들어가는 장석을 일일이 만들고 마무리하는 데 걸리는 시간이 짧게는 6개월에서 1년. 또한 작품의 완성도를 높여야 하는 섬세한 공정은 세월이 지나도 온전히 장인의 몫이다.

그러나 시대는 변했고, 이제는 한 땀 한 땀 장인의 손길로 만들어진 전통 제품의 가치를 알아보고, 제값을 치르는 이들이 점점 더 사라지고 있음을 두석장 김극천 역시 모르지 않았다. 그와 부친은 화려한 시절을 겪으며 장인으로서 기량을 마음껏 펼쳐보았고, 사회적인 존경과 덕망 역시 한 몸에 받아보았다. 무형문화재 기능보유자에 대한 대중의 시선은 지금도 예전의 그것과 닮았지만, 한편으로는 마치 역사 속에 사라져가는 박제된 유물처럼 대중과 괴리되어가는 것도 부정할 수 없는 현실이니 실로 안타깝고 야속하기만 하다. 그래서 세 아이들에게 그가 먼저 가업 승계를 권하지 못했고, 막내아들 진환 씨가 가업을 잇겠다고 스스로 나섰을 때에도 기쁨보단 걱정이 앞섰던 것이다. 가장 답답한 것은 그가 살아온 시간과는 너무나도 다를 아들의 미래가 전혀 가늠조차 되지 않는다는 것이다.

"이 일이 하루 종일 앉아서 두드리고, 갈고, 깎아내고, 다시 두드리고, 그런 지난한 작업을 해야 하는 일이라서 체력이 아주 중요합니다. 진환이는 고등학교 때 학교 선생이 씨름 선수를 시키라고 했을 만큼 체격도 크고, 건강은 타고 났으니 그나마 다행이지만 큰 덩치에 한자리에 오래 앉아있는 게 얼마나 힘들지 잘 압니다. 그나마 일거리라도 많으면 신명나게 일할 수 있을 텐데……."

부모의 눈에는 자식이 아무리 자라도, 머리카락이 희끗희끗해져

경상남도. 통영. 두석장.

같이 늙어가도 늘 어린아이와 같다는 말이 있다. 집안 대대로 한 시대를 풍미하고 호령했던 명품 장인의 눈에도 장성한 아들은 늘 걱정스럽고, 안타까운 존재일 뿐이다. 시대는 달라졌고, 말로는 전통을 외치지만 막상 현실은 옛것을 차갑게 외면하고 있다는 사실이 그의 잘못은 아닐진대 아버지의 마음은 늘 모든 게 내 탓이고, 내 잘못 같다. 그게 부모의 마음이고, 무뚝뚝하지만 정 깊은 대한민국 아버지의 마음이다.

아버지의 삶을 닮고 싶은 열망이 뿌리내린 가업 승계

2년 전 처음 인터뷰를 하기 위해 진환 씨를 만난 것은 통영시청에서 주최한 통영 12공방 초대전에서였다. 전시장 한편에 그간 작업한 다양한 작품들을 전시하고, 그 전시 공간 한가운데에서는 아버지와 함께 두석장이 실제 장석을 두드리고, 갈고, 다듬는 모습을 시연 중이었다. 다른 전시 공간과는 달리 아버지와 아들이 함께 작업하는 모습은 보는 이들의 가슴을 뭉클하게 했다. 대자리를 깔고 앉아 시연을 하던 그 자리, 사람들이 모두 빠져나간 틈을 타서 청년 진환 씨의 삶에 대해 처음 이야기를 나눴다. 스스로 말주변이 없어서 인터뷰에 잘 응할 수 있을지 모르겠다고 겸연쩍어하던 그와의 첫 인터뷰는 아주 짧게 끝났다. 가업을 잇게 된 배경과 동기

를 묻는 질문으로 시작해서 그가 5대째 두석장으로 살기로 결심하
면서 달라진 일과 삶에 대해서, 결코 쉽지 않을 인생의 희로애락에
대해서 깊은 이야기를 나누고 싶었지만 솔직히 질문을 더 이을 수
가 없었다. 그가 너무 빨리 정답을 말해 버렸기 때문이었다.

"사람들이 가업을 잇게 된 동기를 많이 물어 봅니다. 근데 대단
한 무엇이 있었던 게 아니라서 뭐라고 답을 드려야 할지……. 아
주 어렸을 때부터, 어머니 배 속에서부터 들었던 망치 소리가 좋았
고, 늘 사람들이 북적이고, 손님들이 오가는 분주한 일터가 좋았습
니다. 그러다 대전 엑스포가 열려서 친구들하고 놀러갔는데 거기
서 아버지가 시연을 하고 계신 모습을 보았습니다. 친구들이 대단
한 아버지를 두었다고 다들 부러워하더군요. 초등학교 때는 할아
버지 사진이 학교에 걸려 있었죠. 그런 경험들을 통해 우리 할아버
지와 아버지는 정말 훌륭한 분이시고, 그분들이 하는 일은 이렇게
부러움과 존경의 대상이 될 만큼 가치 있는 일이구나 라는 생각을
하게 된 것 같습니다. 자연스럽게 그 분들의 삶을 따르고 싶어졌고
요. 그러다 장석 수요가 예전 같지 않고, 생계의 어려움 때문에 일
꾼들이 하나둘 공방을 떠나는 모습을 보면서 아버지를 도와야겠다
고 생각한 겁니다."

모두의 존경을 받던 할아버지와 아버지가 앉아서 일하던 그 자
리에서 그분들이 쓰시던 도구를 물려받아 똑같은 일을 하고 있다

경상남도. 통영. 두석장.

는 것만으로도 감사하고, 가슴 벅차다는 진환 씨의 말을 들으면서 다른 질문은 건넬 수가 없었다. 과거와 달리 어려운 상황임에도 그가 가업을 잇기로 결심한 이유는 충동적인 것도, 외부의 강압에 의한 것도 아니었다. 어린 시절부터 보아온 부모의 삶 속으로 들어가고 싶었던 열망이 그 어떤 어려움도 헤쳐갈 수 있는 깊고 단단한 뿌리를 내린 결과였음을 깨달았기 때문이다. 아버지가 걱정하던 막내아들 김진환은 어느새 훌쩍 커버린 큰 마음을 가진 어른이 되어 있었다.

그들에게 가업이란 뿌리를 찾고, 오늘과 미래를 살아가는 것

자식은 부모의 거울이라고 했다. 내가 어떤 삶을 살아왔는지 궁금하다면 자식의 얼굴을 바라보라는 누군가의 말처럼 자녀들은 부모의 삶을 그대로 닮는다. 그리고 말이 아니라 행동으로 부모의 뒷모습을 좇는다. 진환 씨도 그랬다. 어머니와 아버지 어느 누구도 강요하지 않았고, 먼저 권하지도 않았지만 그는 할아버지와 아버지의 한결같은 삶을 보면서 자연스럽게 본인이 살아가야 할 미래를 만났다. 비록 그것이 황금빛 내일을 기약할 수 없음을 알고 있었지만 그것은 중요하지 않았다. 그가 보아온 할아버지는 늘 멋쟁이였고, 그에게 기술을 배우려고 문턱이 닳도록 드나드는 사람들에게 넉넉한 인심과 넘치는 열정으로 대하며 장인의 풍모를 보여줬던 대인이었다. 그의 아버지 역시 기울었던 집안을 특유의 성실함과 끈기로 다시 일으켜 세운 믿음직한 스승이었다. 그들에게 가업은 그런 것이었다. 한 가족의 역사이자 지금을 살아내고, 미래를 꿈꾸게 하는 밑거름이었다. 진환 씨가 가업을 잇는 것 역시 그의 뿌리를 더 공고히 하고 현재와 미래를 살아내기 위한 토양이다.

통영의 명정동 좁은 골목길을 지나 통영 두석장인의 명패가 가리키는 집으로 들어섰을 때, 우리는 진환 씨가 추억하고, 지키고 싶은 과거와 현재, 그리고 미래를 함께 만났다. 마치 타임머신을 타고 시간여행을 시작한 사람처럼 조선 시대 그 화려했던 장석 문양의 소목장과 머릿장, 문갑 등이 방 한가운데 가득히 놓여 있는 진풍경을 보았다. 작업장으로 사용하고 있는 볕이 잘 드는 큰 방 한쪽에는 화려한 장석이 줄줄이 벽에 걸려있고, 장인들의 활동 사진이 오래된 영화의 한 장면처럼 그렇게 또 한 벽면을 장식하고 있었다. 그리고 그 자리에서 말없이 열심히 두드리고, 문지르고, 다듬기만을 반복하는 아버지와 아들의 모습은 문전성시를 이루던 그때, 조선 시대의 두석장인 모습 그대로였다. 사라질 수도 있었을 그 삶을 고집스럽게 지켜 준 고마운 사람들. 그들에게 진정 가업이란 무엇일까. 많은 생각이 스쳐 지나갔다.

"아버지는 하루 종일 작업을 하세요. 주문이 있거나 없거나 항

경상남도. 통영. 두석장.

상 작품을 만드시는 거죠. 할아버지께서 입버릇처럼 '쇠는 썩지 않으니 게으름 피우지 말고 한 개라도 더 만들어 두어라' 하고 말씀하셨는데 그래서인지 아버지는 어떨 땐 끼니조차 거르시고 작업에 몰두하실 때가 있어요. 그런 모습을 볼 때면 아버지가 무척 존경스럽고, 한편으론 나는 언제 저렇게 작업에 몰입할 수 있을지 엄두가 나지 않아요."

40여 년을 두석장인으로 살아온 아버지를 바라보면서 언제가 될지 모를 그 날, 즉 아버지를 넘어설 만큼 성장할 날을 꿈꾸는 진환 씨처럼 김극천 장인 역시 늘 당신의 부친에 못 미치는 실력이라고 스스로 자평하곤 했다. 아들에겐 항상 아버지가 스스로의 삶을 돌아보게 하는 선배이자, 큰 스승이었음을 그들은 잊지 않고 있었다.

만드는 재주는 있으나 파는 재주는 없는 장인들

과거에는 장인들을 인간문화재라 불렀지만 이제는 무형문화재 기능보유자라는 명칭으로 부른다. 문화적 소산으로서 역사 또는 예술 가치가 높은 특정 기술을 보유한 이들을 국가가 지정해서 보존하기 위한 것으로 무형문화재 기능보유자로 공식 지정되기까지는 최소 25년의 지난한 세월이 필요하다. 전수 장학생으로 5년, 이수자로 5년, 그리고 조교로 최소 10년을 보내고 나면 전문위원들의 엄정한 심사를 통해 무형문화재 등록절차를 밟을 수 있는 자격이 생긴다. 물론 그때부터는 순전히 개인 실력에 의해 당락이 결정되고 심사를 통과해 무형문화재로 공식 지정이 되는 이는 소수에 불과하다.

어떤 학문을 공부하고 연구해서 박사학위를 받기까지 빠르면 10년 길게는 15년이 걸린다고 한다. 물론 개인차는 존재하지만 가장 어려운 의학 공부 역시 12년만 넘기면 초년병 의사로 대접받는다. 그런데 장인으로 살아온 사람들은 그 두 배에 해당하는 시간을 끈기와 인내로 한자리에서 오롯이 버텨내야 한다. 그렇게 좁고 험한 길을 스스로 선택해서 가는 이들이 통영에는 두석장 부자 외에도 곳곳에 살고 있다.

나전장인, 소반장인, 소목장인, 옻칠장인 등 아직도 조선 시대 그 화려한 공예문화의 후예들이 수십 년간 대를 이어온 가업을 포기하지 않고 꿋꿋하게 지키고 있는 것이다. 그러나 그중 진환 씨처럼 젊은 청년이 그 맥을 이어가고 있는 예는 손에 꼽을 정도여서 언젠가는 우리 전통 예술의 화려한 문화도 역사 속으로 사라져 갈지 모른다는 불안감을 통영의 장인들은 모두 갖고 있다. 물론 이는 비단 통영에만 국한된 얘기는 아니며 이미 많은 전통문화들이 정부와 대중의 무관심 속에 역사 속으로 사라져 가고 있는 게 현실이다. 그런 의미에서 김극천 장인과 아들 김진환 씨의 행보는 많은 이들의 부러움을 사고 있다. 장인들 모두 수십 년간 쌓아온 기술을 전수할 후학을 양성하는 것이 무엇보다 시급하다는 것을 알지만 힘들고 돈도 안 되는 일을 하려는 젊은 친구들이 많지 않아서 애를 태우고 있다. 시대를 한탄하는 우려의 목소리도 높다.

"한창 젊은 나이에 허리도 못 펴고 하루 종일 한자리에 앉아서 장석을 만드는 일은 무척 고된 작업입니다. 나도 젊었을 때 어떻게 하면 도망갈까, 꾀를 부리며 궁리하던 시절이 있었으니 왜 모르겠습니까. 그래도 그때는 만들기도 전에 미리 선불을 주고 줄을 서며 우리 물건을 기다리는 손님들이 있었기 때문에 재밌게 일할 수 있었던 것이죠. 그런데 지금은 간간이 멀리서 소문 듣고 찾아오는 이들한테만 물건을 팔고 있으니 언제까지 버틸 수 있을지 모르겠습니다. 통영시에서도 통제영을 복원하고 여러 가지 시도를 하지만 정작 우리는 판로가 없는 게 가장 큰 문제인데, 그게 해결이 되어야 합니다. 우리가 능력이 많아서 스스로 앞길을 잘 개척하면 더할 나위 없겠지만 장인들은 묵묵히 작품을 만드는 재주만 있지, 파는 재주는 없는 사람들이니까요."

자신이 정성으로 만든 작품을 사기 위해 먼 길을 마다 않고 찾아오는 이들에게는 돈의 액수를 가리지 않고 원하는 대로 주고 싶은 마음은 장인 누구나 똑같은 마음일 것이다. 자신을 알아주고, 인정해주는 이를 위해 사람들은 목숨까지 건다고 하지 않았던가. 그렇

게 열심히 만드는 재주만 있지 파는 재주는 없는 아버지와 아들의
뒷감당을 하는 것은 그래서 항상 어머니의 몫이다.

"보다시피 나나 아들 녀석이나 주변머리가 없어서 손님이 오면
흥정을 잘 못해요. 우리 작품이 정말 좋다고, 사고 싶은데 좀 싸게
해달라면 기분 좋게 깎아주고 싶은데 그러면 꼭 마누라한테 혼이
나거든. 마누라는 오랜 시간 힘들게 일해서 만든 작품을 왜 그렇게
헐값에 파느냐고 하는데 그것도 맞는 말이고. 가족이 함께 일을 하
면 서로 자기 잇속 안 차리고 바쁠 때 잘 도와주니까 좋지만 이렇
게 늘 돈 때문에 잔소리를 들을 때면 좀 힘들고 그렇습니다. 허허."

젊은 부부, 더 높이 더 멀리 날기 위해 웅크리다

통영이라는 작은 도시가 갖는 에너지는 참으로 신기하고 오묘하
다. 작지만 단단한 그 무엇이 수 갈래 바닷길처럼 각양각색의 파
장으로 도시 곳곳에 퍼져 있고, 그중 통영 12공방 전통문화예술의
흔적은 가장 묵직한 존재감을 갖고 있다. 혹자들은 다른 도시에는
한두 명 있을까 말까한 장인들이 수십 명씩 있으니 시에서도 지원
하는 데 한계가 있다는 얘기를 하지만 사실 어려움 속에서도 통영
을 지키고 있는 장인들의 엄청난 에너지를 한데 모으면 통영이라
는 도시가 할 수 있는 일이 얼마나 많을지 다시 되묻고 싶다. 인생

경상남도. 통영. 두석장.

의 후반전을 준비하며 잠시 인생의 낭만처럼 한 해 머물다 떠나기로 하고 내려온 통영에서 출판사를 시작하기로 결심한 가장 큰 이유도 서울에서는 결코 만나기 힘든 이 놀라운 문화 예술 자산 때문이었다.

통영 사람들에게는 그저 일상이 되어버려 새롭지도, 경이롭지도 않은 장인들을 처음 만났을 때 내 가슴은 심하게 두근거렸다. 청담동 갤러리에 가면 수천만 원에 팔릴 명품이 먼지가 쌓인 채로 장인의 집 방안에 수북하게 쌓여 있는 것을 보면서, 마치 숨겨진 엄청난 보물을 발굴한 사람처럼 그렇게 심장이 뛰었다. 그러나 한 집 걸러 한 집에 장인이 살고 있다는 말이 나올 만큼 교과서에나 등장할 법한 장인들을 쉽게 만날 수 있는 이곳에서 우리가 만난 그들의 삶은 결코 녹록하지가 않았다.

출간을 앞두고 오랜만에 마지막 인터뷰를 위해 진환 씨를 찾은 것은 2013년 가을이었다. 1년만의 만남이었고, 그동안 많은 변화가 있었다. 그는 생계를 위한, 그리고 아직 세상 물정 모르는 아들의 세상 훈련을 위한 아버지의 권유로 마산에서 작은 치킨집을 운영하고 있었고, 우리는 그곳에서 세 번째 인터뷰를 했다. 1년 전만해도 수줍어하던 덩치만 큰 청년이었는데 어느새 그는 네 살 연상의 조소를 전공한 여성을 아내로 맞은 새신랑이 되어 있었다. 미술

대학을 졸업한 때문인지 아내는 남편의 가업에 대해 관심도, 생각도 많았다.

여전히 아버지를 도와 경력 13년차의 이수자 생활을 하고 있지만 작품 제작이 없을 때는 주로 마산에서 지낸다는 그는 전보다 말수도 더 많아지고, 한결 밝아졌다. 서로 약속이나 한 듯 숫기가 없고, 자신을 홍보하는 방법은 전혀 모르고 있는 가업 청년들 중에 진환 씨 역시 둘째가라면 서러울 만큼 말수가 적었다. 그러나 2년에 걸쳐 여러 번 인터뷰를 하다 보니 어느새 웃기도 잘하고, 조금은 수다스러워진 모습에 소통의 간극도 훨씬 좁아졌다. 같은 지역, 통영에 함께 살고 있다는 동질감도 한몫했을 것이다.

"전시나 작업이 뜸할 때는 주로 여기서 치킨을 만들어 팔고, 또 일이 있을 때는 통영에 내려갑니다. 아버지가 늘 말씀하시는 것처럼 유행이 돌고 돌 듯 언젠가 다시 우리 전통 장인들이 할 일이 많아지는 날이 올 거라 생각합니다. 그래서 당분간 여기서 열심히 일하고, 그 이후에는 통영에서 아버지를 도와서 더 열심히 일할 겁니다. 제 작품을 좋아해주는 사람들 때문에 힘을 얻는 것처럼 여기에서 제가 만든 치킨을 맛있어 하는 손님들을 보면서 보람도 느끼고, 이것도 하나의 훈련과정이라고 생각합니다."

손이 한 번 굳으면 작업을 다시 하기가 어려워 틈틈이 작품 활동

경상남도. 통영. 두석장.

도 겸하도록 돕고 있다는 아내 서지화 씨는, 두석장은 사실 나전이나 소목이 살아나야 같이 활기를 띠는데 지금은 그런 상생마저도 쉽지 않은 현실이라며 안타까워했다. 나중에 아들이 태어나면 그 아이도 가업을 잇게 하고 싶다는 지화 씨는 맥이 끊겨 가는 전통문화가 한둘이 아니고, 그런 현실이 답답하고 가슴 아프지만, 두석장만큼은 수백 년을 잇는 가업으로 오랫동안 지켜나갈 수 있게 힘을 다하겠다고 각오를 밝혔다. 새로운 상품도 개발하고, 다양한 판로를 확보하는 등의 사업 아이디어를 하나둘 고민 중이라는 진환 씨의 지혜로운 아내를 보면서 어쩌면 이들의 젊은 감각이 통영에 새바람을 불러올지도 모른다는 생각을 했다. 그리고 처음 통영에서 보았던 그 진귀한 보물들, 그 가치 있는 콘텐츠를 세상에 알리고 전하는 데 나 또한 힘을 보태야겠다는 생각을 하게 했다. 참으로 근사한 부부였다.

오늘을 사는 우리에게 가업이란 무엇인가

힘든 일을 멀리 하고, 좁고 어려운 길을 걷는 이들의 삶을 훌륭하다 이야기하면서도 그들의 삶이 내 삶이 될 수는 없다고, 그렇게는 살 수 없다고 거리두기를 하고 살아가는 사람들에게 진환 씨 부부의 선택은 어떤 의미로 다가갈까. 성공한 자들의 부와 명예의 승계가 아니라 험하고 어려운 길임에도, 때론 두석장처럼 끝이 보이지 않는 길임에도 기꺼이 부모의 삶의 길에 동참할 수 있는 용기는 어디서 비롯되는 것일까. 이웃 나라 일본에서는 작은 구멍가게일지라도 대대로 이어온 가업을 잇기 위해 유명 대기업의 안정된 자리도 박차고 떠나는 청년들이 적지 않다고 한다. 그러나 우리나라의 경우 가업을 잇는 것 자체가 낯설고, 놀라운 일일 뿐이다. 그나마 안정된 일자리와 이미 쌓인 부의 대물림이 아니라면 대부분의 청년들은 그러한 길을 걸으려고 하지 않는다. 부모들 역시 '제발 나처럼 살지 말아라'라고 말하는 세상이 아닌가. 그럼에도 불구하고 가업을 잇는 청년들, 그중에서도 가장 어렵다는 전통 장인의 길을 묵묵히 걷는 청년과의 만남은 시사하는 바가 컸고, 무엇보다 통영에서 우리의 삶을 되돌아보게 했다.

처음 이 낯선 땅에서 발견한 그 놀라운 콘텐츠들이 이제는 내게도 별 것 아닌 일상이 되어가고 있음을 문득 깨달으면서 어쩌면 우리의 전통도 익숙하지만 쓰임새가 없다는 이유로 그렇게 하나둘 우리 곁에서 사라져갈지도 모른다는 생각을 했다. 그래서 먼 훗날 아이들에게 우리의 과거를 박물관 안에서만, 또는 활자를 통해서만 전할 날이 올지도 모른다. 지금이라도 돌이켜야 할 현실이고, 바로 잡아야 할 미래다. 통영처럼 아직도 뚝심 있게, 묵묵히 자리

경상남도. 통영. 두석장.

를 지키고 있는 장인들이 우리 곁에 있을 때, 그래서 힘든 여정임에도 우리 문화를 지키고 이어가기 위해 그들의 부모가 감당했던 가업을 잇는 젊은 친구들이 아직 남아 있을 때, 우리도 지혜를 모아야 한다.

"통영 사람에게는 12공방에서부터 전해 내려온 예술의 DNA가 있다." 통영에서 나고 자란 한국의 대표 문인 박경리 선생이 하신 말씀이다. 재봉틀과 국어사전, 그리고 통영 장인이 만든 장롱을 가장 애지중지했다는 박경리 선생이 가진 창작의 DNA 역시 통영의 예술혼에서 비롯된 것이리라. 통영은 그런 곳이다. 평범한 사람들에게도 예술혼을 일깨우는 범상치 않은 도시.

통영의 장인들은 지금, 진환 씨 같은 청년들을 기다리고 있다. 전통문화의 맥을 가까스로 붙잡고 있는, 거장이라 불러야 마땅한 장인들과 새로운 시도와 변화를 끌어낼 젊은 열정이 만나 언젠가 다시 부활할 전통문화예술을 꿈꾸고 있는 것이다. 한 집안의 가업이 역사적으로 가치 있는 소중한 문화 유산일 때, 그 가업은 비단 그들의 자녀뿐 아니라 우리 모두가 같이 이어가야 할 유산이자 자산일 것이다. 그래서 산중 고수를 찾아 배움을 얻고, 문하생이 되기 위해 물동이 지고, 산길을 오르내리는 일부터 수련하는 전설 같은 이야기의 주인공은 우리 모두에게 열려 있는 기회일지도 모른다. 기회의 땅 통영에 한번 당신의 젊음을 투자해 보는 것은 어떠한가. 통영의 장인들. 그들의 가업은 현재진행형이다.

경상남도. 통영. 두석장.

"예전에는 광고지 하나 붙이면 우르르 몰려들어서

서로 일을 배우겠다고 했는데 요즘 젊은 친구들은

힘든 일은 싫어하고, 빠른 성과만 원하더군요.

그런 반면 옛날에 산 장롱을 아직도 애지중지하며

수리를 맡기는 사람들도 있는데

그들은 우리가 아직도 같은 일을 하고 있다는 사실에

얼마나 놀라고 감사해 하는지 모릅니다.

우리 아들도 좀 느리더라도 꾸준히, 포기하지 않고

이 일을 하길 바랍니다. 누가 뭐라 해도 끈기 있게, 묵묵히.

그러다보면 다시 좋은 세상이 오지 않을까요?"

조선 시대 전성기를 구가했던 통영12공방 장인의 살아있는 후손 중
한 사람으로 4대째 가업을 잇는 두석장인이다. 가파른 경제 성장의
70~80년대 활황기에 수많은 작품을 제작하며 기량을 쌓아 제64호
무형문화재 기능보유자가 되었다. 여전히 그의 부친 김덕룡 장인의
솜씨에 못 미친다고 스스로를 평가하는 그는 아직도 배움에의 길을
포기하지 않는 타고난 장인이며 힘든 시대에 가업을 잇겠다고 나선
막내아들 진환 씨에게는 변함없이 큰 스승이다.

김극천(63세)

4대, 가업 승계 40년

무형문화재 두석장

사랑하고 존경하기에
싸우고 넘어서야 하는 존재, 부모

부산 보수동 책방골목
'고서점' 양수성 대표에게 듣는 가업을 잇는 삶

가업을 잇는 청년들을 찾아 나선 여정은 2년여에 걸쳐 이어졌다. 전국 곳곳의 가족을 만나고 싶었고, 다양한 분야의 이야기를 찾고 싶었고, 단순히 돈이 아니라 신념을 따르는 청년의 삶을 담고 싶었다. 흥미로운 청년을 찾아냈으나 이미 취재한 다른 가족과 겹치는 부분이 있어 취재를 포기한 경우도 있고, 취재를 하던 도중 생각했던 것과는 다른 방향의 삶의 이야기를 만나 책에 담지 못한 경우도 있다. 그렇게 책에 담을 청년들이 모두 정해지기까지 긴 시간이 걸렸다. 그러나 그보다 더 많은 시간이 필요했던 것은 그들의 이야기를 듣고 삶을 이해하기 위한 시간이었다.

　우리가 만난 청년들은 어찌 보면 너무나도 평범한 보통의 사람들이었고, 자신을 드러내기보다는 겸손하게 부모님 뒤로 한걸음 물러서 있는 사람들이었다. 그래서 인터뷰를 통해 들을 수 있는 이

야기는 제한되었다. 우리가 할 수 있는 일은 찾아가고, 또 찾아가서 거리를 좁히고 인간적으로 가까워지며 이웃이 되는 것, 그 과정 속에서 그들의 삶을 지켜보며 읽어내는 것이었다. 그들은 말이 아닌 행동으로 이야기하는 사람들이었기에 그게 가장 옳은 방법이었다.

한편 청년들의 삶을 들여다볼수록 그 뒤에 선 든든한 고목 같은 부모의 삶이 시선에 들어왔다. 부모들의 인생은 또 어찌나 굽이굽이 격정의 세월인지, 한 번 찾아가서 듣는 것으로는 그 굴곡진 삶과 생각을 온전히 들을 수 없었다. 그렇게 가업을 잇는 청년들, 그리고 그 가족들을 만나러 가는 우리의 발걸음은 잦아지고 길어졌다.

그러던 중 우리는 또 한 명의 가업을 잇는 이에 대해 알게 되었다. 바로 부산 보수동 책방골목에 자리한 '고서점'의 대표 양수성 씨였다. 이제 40대에 갓 접어든 양수성 씨는 앞서 만난 청년들 보다 조금 더 오랜 시간 가업의 길을 걸어온 이였다. 그리고 부모로부터 완전히 독립하여 가업과 함께 자신만의 길을 만들어가는 사람이었다. 여섯 가족의 취재와 원고 작업을 모두 마쳤으나 청년들의 삶이 마음에서 떠나지 않던 때, 그를 알게 되었다. 만나 이야기를 듣다 보면 우리가 청년들에게 미처 듣지 못한 이야기를 들을 수 있을 것도 같았고, 그들에게 도움이 될 선배의 경험도 듣고 전할 수 있을 것 같았다. 그렇게 우리는 부산 보수동 책방골목으로 향했다.

전남 광양 태생인 아버지 양호석(79세) 씨는 한국전쟁 때 먹고 살 길을 찾기 위해 부산으로 내려왔다. 아직 어린 열넷 소년이었지만 그에게는 거둬야 할 동생이 셋이나 있었기에 할 수 있는 일은 뭐든 하겠다는 마음이었다. 그렇게 시작한 것이 고물을 사고파는 일이다. 차츰 고미술품, 고서를 수집하기 시작했고, 독학으로 공부를 해가며 남들이 가치를 알아보지 못한 물건들을 찾아냈다. 걸어서 경상도, 전라도 등 전국 곳곳 안 가본 데 없을 정도로 성실히 살아온 시간, 세월은 그를 배신하지 않았다. 70년대에는 경제적으로도 안정이 되어 지금의 고서점 자리에 집을 지었다. 그리고 그의 집은 지역에서 문학과 역사 등을 연구하는 학자와 교수들의 사랑방이 되었다고 한다. 형편이 어려운 학자들에게 밥을 해 먹이고 책을 사주며 후원자 노릇을 한 것이다.

　오 남매 중 막내 양수성 씨는 그런 부모의 뒷모습을 보고 자라 가업을 이어 고서점을 운영하고 있다. 백창화 작가와 남해의봄날 편집부가 부산으로 양수성 씨를 찾아가 가업을 잇는 삶에 대해 이야기를 나눴다.

어려서부터 이 집과 아버지 헌책방, 그리고 골목에서 놀면서 아버지께서 일하시는 모습도 보며 책도 보고 그런 기억이 많을 것 같다.

79년도에 이 건물을 지으면서 이곳으로 이사 왔다. 내가 73년생이니 인생의 거의 대부분을 이 집과 함께했다. 태어나기도 이 근처에서 태어났다. 아버지는 고서를 중심으로 헌책방을 하셨던 것은 아니고, 고미술업을 하다 보니 책도 수집하시고 유명한 교수님들이나 그런 분들이 찾으시면 가지고 계신 것을 팔기도 하고 구해드리기도 하고 그랬다.

그럼 고서점은 어떻게 시작하게 되었나?

대학에서 중국어과를 졸업하고 중국에 가서 2년 정도 공부를 했다. 그러던 중 IMF가 터져서 한국에 돌아왔는데 아버지께서 서점을 해보지 않겠냐고 물으시기에 두말 않고 '네'하고 대답했다. 일본에서 공부하던 작은 형님은 96년인가 97년에 이미 들어와서 아버지가 하시던 고미술품 일을 받아서 하고 있었고 지금도 부산에서 일을 하고 있다. 큰 누나는 미국에서 화가로 활동하고 있다. 아버지가 선구안이 있으시다.

가업을 이어 받았는데, 아버지와 일하는 데 어려움은 없나?

단점이 무척 많다. 그런데 단점 백 가지가 있고 장점 두 가지가 있어도 그 장점이 단점을 모두 덮고도 남는다.

그 장점은 무엇인가?

내가 갖고 있는 모든 지식은 아버지의 것이다. 아버지는 책을 보는 혜안을 갖고 계신 분이다. 게다가 요즘에는 정보를 찾으려면 인터넷을 뒤지지만 예전에는 책에 대한 정보를 얻으려면 다른 책을 파야 했다. 그러다 보니 더 깊이가 있다. 내가 가지고 있는 책방 주인으로서의 역량 99%는 아버지께 받은 거고 인터넷을 통해 알게 된 것은 1% 정도다. 또 아버지가 갖고 있는 배경, 인맥이라든지 교류하셨던 것이 모두 내 것이 된다. 예전 교수님들은 자료 한 장이 필요해도 책을 모두 전집으로 사서 갖고 있다. 그러나 요즘에는 교수든 누구든 한 장이 필요하면 전집은 고사하고 책 한 권을 사지 않고, 그냥 그 한 장만 복사하고 만다. 시대가 다르다.

아버님이 서점 경영에 어떤 영향을 미치나?

아버지는 간섭을 안 하시는 편이다. 내가 무언가를 하면 지켜보고 계신다. 그러다가 놓치고 나면 그제야 이건 이렇게 된 거고, 네가 이렇게 했어야 하고, 이런 이유로 그런 거다 하시며 말씀해주신다. 장사 처음 할 때부터 내게 다 맡기셨다. 그래서 손해를 본 적도 있지만 그런 실수를 통해 일을 빨리 배울 수 있었다. 지금 내 나이가 마흔하나인데 아마 혼자 했으면 일흔이 되어야 지금만큼 깨닫고 알게 되었을 것이다. 아버지가 계셔서 그 시간을 단축하고 자리를 잡고 있는 것이다. 내 모든 지식은 아버지에게서 나왔다고 본다.

그럼 단점은 무엇인가?

내가 원하는 방식대로 온전히 할 수는 없다. 아무래도 그렇다. 자회사 같은 구조랄까? 경영은 독립되어 있지만, 또 서로 필요할 때는 연결되어 일을 하고, 돕기도 하고 그런다. 아버지하고 부딪힐 때가 있는데 지나보면 늘 아버지가 맞다. 하하.

아들과 아버지 사이에 대화와 소통이 쉽지 않은데 어떻게 가능했나?

아버지께 사랑한다고 말씀드렸다. 한 번 진심으로 안아드리고 사랑한다, 존경한다고 말씀드렸다. 그 후로는 거짓말처럼 관계가 편해지고 대화도 쉬워졌다. 여전히 많이 충돌하지만 금세 풀린다. 하루에도 몇 번씩 다른 의견으로 언쟁을 벌였다가 풀어졌다 한다. 한국 남자들에게 쉽지 않아 보이지만 효과는 진짜 확실하다. 아버지와 갈등이 있는 친구에게도 이 방법을 추천했는데 그 친구도 정말 좋아졌다. 다른 사람들에게도 권하고 싶다.

기억 속 부모님은 어떤 분이신가?
어렸을 때부터 아버지께서 늘 정당하게 일하시는 모습을 보아왔다. 아버지, 어머니는 새벽 3~4시면 같이 나가서 일을 하셨다. 한눈팔지 않고 땀 흘려 일하시고 이윤 추구를 하더라도 정당하게 하셨다. 그런 모습을 보며 재미있겠다는 생각을 했다. 아버지는 어디 일이 있어 가실 때 우리 오 남매를 데리고 함께 많이 다니셨다. 일의 특성상 늘 외지로 다니셨는데 그렇게 따라다니는 게 좋았다. 그래서 나도 어딘가를 갈 때 가족들과 함께 가려고 노력한다. 가끔 일본도 가고 중국도 간다. 아이들과 함께 가면 일 때문에 가는 것이라고 하더라도 휴가 가는 기분이다.

혹시 자녀에게도 가업을 물려주고 싶은 마음이 있나?
여섯 살 딸과 다섯 살 아들이 있다. 가끔씩 물어보는데 아직은 너무 어려서 잘 모른다. 아이 중 누구라도 하고 싶어 하면 물려주고 싶다. 아니면 조카들 중에서라도 원하는 사람이 있으면 물려주고 싶다. 그것도 아니면 모았던 책들을 사회에 모두 환원할 생각이다.

가업을 잇는 청년들을 쭉 만나다 보니 한때는 호황이었으나 그 정점을 지나 이전보다 어려운 상황인 분야의 직업군이 많았다. 그럼에도 불구하고 가업을 이어받고 있는 것이다. 서점이나 헌책방도 그렇지 않나?

헌책방 역시 책만 팔아서는 안 되는 시대다. 책을 콘텐츠로 파는 시대다. 50~60년대는 책이 귀해서 쏟아놓으면 금방 다 팔렸다. 지금은 그렇지 않다. 책을 팔기 보다는 책에 대한 콘텐츠를 파는 시대다. 다시 살아나는 방법을 찾아야 한다.

책방골목도 부산시의 인정을 받은 지 이제 4년밖에 안됐다. 그전에는 관광지도에도 표시가 안 됐다. 나 역시 책방골목을 살리기 위해 이런저런 것들을 고민했다. 우리 책방과 그 앞을 중심으로 사진과 설치작가들 전시도 기획하고, 공연도 하고 그랬다. 그 후 그게 재미있어서 부산시 등을 찾아다니면서 지원금을 신청했다. 어렵게 받은 200만 원으로 1회 '보수동 책방골목 축제'를 열었다. 그렇게 시작해서 올해로 10회를 맞았다. 다들 혼자 책방을 지키고 계신 분이 많아서 밖에 나와서 참여하는 데 어려움이 많다. 그래도 이런저런 행사를 하며 교류하는 게 재미있기도 하고 그 사이에 사람들에게 책방골목이 많이 알려지기도 했다.

또 미래에는 콘텐츠가 있고, 밀도 있는 책마을 같은 공간을 꾸미는 일도 하고 싶어서 여기저기 기회가 될 때마다 다니면서 알아보고 꿈을 키워가는 중이다.

마지막으로 가업을 잇는 청년 후배들에게 하고 싶은 말이 있다면?
한번은 소장자 집에 갔더니 책이 2만 권이 있더라. 집에 들어서는
순간 입이 떡 벌어졌다. 이걸 어떻게 다 옮기나 싶어 막막했다. 그
집 책만 3t 트럭 두 대 분량이었다. 이틀 동안 인부 넷이서 옮겼다.
정리는 못하고 고스란히 들고 와서 트럭에 싣고 다시 트럭에서 내
리는 것까지가 꼬박 이틀이었다. 처음에는 어떻게 하나 싶었는데
끝나긴 끝나더라. 그런데 나와 달리 아버지는 겁이 없다. 지금처럼
교통이나 운송 체계가 발달하지도 않았고 집에 차도 없던 시절, 아
버지는 수십 리를 걸어서 다니셨다. 그러다가 좋은 물건을 발견하
면 그게 무엇이든, 큰 독이든 무거운 석상이든 이고 지고 걸어서
돌아오셨다. 아버지 세대는 몸을 쓰시는 것, 일을 하는 것에 대해
겁이 없다. 나도 그렇고 젊은 친구들은 겁이 많다. 그러지 말아야
한다.
또 하나는 아버지와 많이 싸워야 한다. 나도 내 방식을 찾으려다
보니 대화도 많이 하고, 숱하게 부딪혔다. 많이 부딪혀야 한다고
생각한다. 그렇지 않으면 아버지를 따라가는 것도 어렵다.

가업을 잇는 청년들이 몸담고 있는 일들은 흔히 이야기하는 인기직업은 아니다. 대장장이, 시계수리공, 장돌림, 농부, 떡장수, 두석장. 우리가 만난 가족들이 하고 있는 일은 어찌 보면 이제 그 전성기가 지나버린, 사람들의 관심 밖으로 밀려난 듯 보이는 직업들이다. 그러나 그들이 갖고 있는 일에 대한 자긍심과 확신은 그 누구보다 크고 단단했다. 일을 배우는 어려움도 있지만 즐거움이 더 컸다. 직업을 향한 세상의 시선과는 달리 청년들은 가업 속에서, 부모의 뒷모습에서 여전히 빛나고 있는 무언가를 발견하고 가슴에 담고 살아왔다.

이 같은 남다른 청년들의 삶은 부모에 대한 존경심에서 시작된다. 이들의 삶은 순간의 큰 깨달음으로 인한 방향 전환이라기보다는 어려서부터 소소한 일상에서의 작은 발견, 감동이 쌓여 만들어진 자연스러운 결과다. 꿈을 펼칠 너른 마당을 품은 든든한 울타리이자, 나아갈 방향을 제시하는 하나의 지표이자, 자녀들의 도약을 위해 기꺼이 어깨를 내주는 디딤돌, 그것이 부모들의 삶이었다. 부모의 일에 대한 열정과 사명감, 보람 등 긍정적인 메시지가 그 소소한 일상을 채우고 자녀들의 삶의 중심이 되었다. 그리하여 그들은 기꺼이, 즐거이 부모의 뒤를 따라 가업을 잇는 청년이 되었다.

가업을 잇는다는 것은 단순히 직업을 선택하는 일이 아니다. 그렇다고 자리를 지키겠다는 사명감만으로 가능한 일도 아니다. 부모와 자식 간의 관계는 소소한 일들까지 모두 공유되는, 좋은 날도, 그렇지 못한 날도 투명하게 보일 수밖에 없는 거짓말이 통하지 않는 관계다. 가장 가까운 이들에게 감동을 주는 부모, 그리고 그 삶을 따르는 청년들. 일생을 통해 이어지는 그들의 일을 대하는 마음가짐과 삶을 살아가는 자세는 지금, 여기, 오늘의 우리 모습을 다시 한번 돌아보게 한다. 그리고 부모의 유산을 이어받아 자신만의 색을 더하고 있는 청년들, 그들이 만들어갈 내일을 기대하게 한다. ✲

도서출판 남해의봄날 비전북스 04

우리 인생에 모범답안은 정해져 있지 않습니다. 대다수가 선택하고,
원하는 길이라 해서 그곳이 내 삶의 동일한 목적지는 될 수 없습니다. 진정한 자유를 위해
용기 있는 삶을 선택한 청년들의 가슴 뛰는 이야기에 독자 여러분을 초대합니다.

닮고 싶은 삶, 부모와 함께 걷기

가업을 잇는 청년들

초판 1쇄 펴낸날 2013년 11월 30일

글	백창화, 장혜원, 정은영
사진	이진하, 정환정
고마운 분들	인터뷰에 응해주신 가업을 잇는 일곱 가족

편집인	장혜원^{책임편집}, 박소희, 천혜란
디자인	디자인락 노상용
마케팅	소요프로젝트

종이와 인쇄	미르인쇄

펴낸이	정은영
펴낸곳	남해의봄날
	경상남도 통영시 봉수1길 12 1층
	전화 055-646-0512
	팩스 055-646-0513
	이메일 books@namhaebomnal.com
	페이스북 /namhaebomnal
	트위터 @namhaebomnal
	블로그 blog.naver.com/namhaebomnal

ISBN 978-89-969222-6-1 03810

© 2013 남해의봄날 Printed in Korea.